모아이 블루, 꿈꾸는 거인들의 나라 ⓒ 이해선 2002

초판 1쇄 발행일 · 2002년 11월 1일

지은이 · 이해선
펴낸이 · 이정원

펴낸곳 · 도서출판 들녘
등록일자 · 1987년 12월 12일
등록번호 · 10-156
주소 · 서울시 마포구 합정동 366-2 삼주빌딩 3층
전화 · 마케팅 02-323-7849, 편집 02-323-7366
팩시밀리 · 02-338-9640
홈페이지 · www.ddd21.co.kr

그림같은 세상은 시와 산문을 출간하는, 도서출판 들녘의 디비전입니다.

모아이블루

꿈꾸는 거인들의 나라

사진작가 이해선의 이스터섬 체류기

그림같은세상

추천의 글

님께

세상에 벌어지는 모든 일상은 우주에서 오직 한 번밖에 없는 순간들입니다. 한 번 옷깃을 스치기 위해 억겁 윤회 동안 삼천 번의 만남이 필요하다고 들었습니다. 제가 이스터섬에서 보낸 며칠 동안 바람이 세차게 불었습니다. 제주도를 닮은 그 먼 섬의 바람 속에서 마리아를 만났습니다. 산티아고 공항에서 마주쳤던 화보 속의 여인이었는데, 어렵사리 얻은 이스터섬 일정 가운데 만 하루 동안 마리아는 제게 훌륭한 모델이요, 더욱 훌륭한 동행이었습니다. 그녀는 이러저러한 이유로 할머니와 함께 아이 둘을 키우고 있는 젊은 라파누이 여인입니다.

아직 어린 30대로서, 이스터섬에서 제가 무슨 철학적인 의미를 찾기는 어려웠습니다. 왜 이스터섬에 거대한 석상들이 서 있는지, 왜 그들이 쓰던 문자인 롱고롱고가 해독 불능으로 남아 현대 학자들의 속을 썩이는지 알 수 없습니다. 아니, 라파누이들이 어떤 인연으로 이 망망고도에 정을 붙여 살게 됐는지도 미스터리이지만, 제게는 모두 지적 호기심의 대상이었을 뿐.

무엇보다 저에게 이스터섬은 그리움이었습니다. 님께서 1970년대 어린이잡지를 보며 공룡과 비행접시와 이스터섬에 대한 정보를 접하고 살아온 대한민국의 30대라면 제 마음을 이해하시리라 싶습니다. 운 좋게 인연이 되어 저는 그 그리움의 섬을 여행할 수 있었고, 인연이 되어 저는 그 섬에서 마리아를 만났습니다.

그녀를 곁에서 지켜보며, 신문사의 여행면을 담당하는 기자라는 제 신분이 행복했습니다. 세상에서 가장 멀리 떨어진, 제가 그토록 그리워했던 섬에서 세상에서 가장 아름다운 영혼을 가진 여인과 만나 그녀의 영혼을 필름에 담을 수 있었으니까요. 말 한마디 통하지 않는 그녀와 저는 하루 종일 라파누이의 신들이 숨어 있는 성소聖所들을 함께 틈입하고 다녔습니다. 라파누이 신들이 신탁을 내렸던 오롱고 산정과 훗날 일본인들이 다시 세워줄 때까지 쓰러져 있던 아후 통가리키의 모아이들, 그리고 면도칼로 잘라낸 듯 정치하기 그지없는 돌담. 그 모든 성소 앞에서 구름 속 햇살이 다시 나올 때까지 그녀와 눈빛으로 대화를 나누곤 했던 순간들이 또렷이 기억납니다.

그 마지막 날 밤, 제가 묵었던 집에서 작별 파티가 열렸습니다. 사람 좋은 민박집 주인 루시아가 라파누이 전통식인 쿠란토로 우리들을 대접했습니다. 감자와 바나나와 그날 아침까지 저를 사정없이 깨워대던 수탉 몇 마리가 바나나 잎에 싸여 나왔습니다.

마리아는 그 자리를 지키지 못하고, 아이들에게 줄 음식을 종이에 싸서 어둠 속으로 사라졌습니다. 제주도에서 열리는 섬문화축제에 초대받았다고 좋아했는데, 그녀는 결국 오지 않았습니다. 그래서 그녀가 더 그립습니다. 그래서 이스터섬이 더 그립습니다. 두 번 다시 만나는 것, 두 번 다시 이슬라 데 파스쿠아를 찾을 수 있게 되기보다는 영영 그렇게 되지 못하리라는 사실을 잘 알고 있기에, 조금 슬픕니다.

그 어둠 위로 남십자성이 빛날 무렵, 하늘에서 괴성이 들리고 거대한 비행기가 날개등을 점멸하며 나타났습니다. 내일 우리들을 대륙으로 실어나를 비행기입니다. 미국과 멕시코와 프랑스와 한국에서 온 우리들은 앞으로 얼마 동안 저 비행기가 우리들을 그리움 속으로 몰아넣게 될지 걱정하며 애꿎은 맥주를 부어댔습니다. 그렇게 파티는 끝났고 사람들은 방으로 사라졌습니다. 지상의 조명은 꺼졌고, 그게서 순진무구하게 밝혀진 어둠 속에서 저는 마당에 남아 마지막 순간을 즐겼습니다. 아, 드디어 끝이 왔구나. 저는 다음날 모든 이들과 석별하고 산티아고를 거쳐, 뉴욕을 거쳐 길고 긴 귀향길에 올랐습니다.

한동안 잊혀졌던 마리아의 추억을 일깨워준 사람이 이해선님입니다. 지난 봄 어느 날, 누군가가 보내준 한 여행잡지에 이스터의 석상이 우뚝 서 있었습니다. 두 아이의 엄마 마리아가 석상 뒤에서 웃고 있는 것 같아 반갑게 페이지를 넘겼습니다. 남들이 드물게 가는 곳을 갔다 왔다는 일종의 공범의식 내지는 선택된 민족의 일원을 만난 것 같은 은밀한 반가움도 절반쯤 섞여 있었습니다. 그 공범자가 바로 이 책을 쓴 해선님입니다. 쟁이들이 옹기종기 모여 살고 있는 경기도 안성 땅에 머물다가 바람처럼 여행을 하고 그 바람을 정교한 활자와 선명한 사진으로 기록하는 분입니다. 그리고 그게 인연이 되어 이 글을 쓰고 있습니다.

해선님과 저는 전생에 감히 숫자를 셀 수 없을 정도로 많은 인연을 가지고 있음이 분명합니다. 태어난 시간도 다르고 살아왔던 공간도 다른 한 인간, 서로 이름만 알고 있을 정도로 현세에서 무관한 삶을 살아온 그 사람의 책을 다른 사람이 첫 독자가 되어 소개를 하게 되다니요.

글짓기가 업이요, 사진 찍기 역시 제 작업 가운데 큰 비중을 차지하고 있지만, 해선님의 글과 사진은 제 심저에 숨어 있던 남자의 질투(이게 얼마나 무서운 건지 아십니까)를 불러내어 버렸습니다. 님께서도 해선님이 기록한 이스터섬을 만나보십시오. 아니, 섬에서 해선님이 만난 영혼들을 함께 만나보십시오. 글이 아니면 사진으로, 사진이 아니면 가만히 눈을 감고서 해선님의 마음이 되어 그 그리움의 섬으로 여행을 떠나보십시오. 저는 지금, 사무칩니다.

2002년 가을
박종인(〈조선일보〉 여행담당 기자)

내 책상 위에는 화산석으로 만들어진 작은 석상 하나가 놓여 있습니다.

* * *

라노 라라쿠 채석장의 석상들을 보고 돌아오던 길이었습니다. 여느 날처럼 숙소 근처의 조각품 전시장 앞을 지날 때였습니다. 전시장 안에서는 주인인 듯한 라파누이 사내가 서양인 여행자와 물건을 흥정하고 있었습니다.

그 물건은 검은 화산석으로 만들어진 작은 모아이 석상이었습니다. 석상을 보는 순간, 라노 라라쿠에서 내가 등을 기대고 앉았던 석상이 떠올랐습니다. 쑥 들어간 눈 때문일까요 저 사내가 들고 있는 석상과 너무 닮아 있었습니다. 아닙니다. 지금 사내가 들고 있는 석상이 라노 라라쿠의 석상을 닮았을 겁니다. 작은 석상은 선물용 모조품에 불과하니까요. 그런데 저 석상이 라노 라라쿠 석상의 분신일지도 모른다는 생각이 든 건 왜일까요.

유전자 복제? 어쩜 공상 영화를 너무 많이 본 탓일 겝니다.

이곳 석상들은 언뜻 보면 비슷비슷해 보이지만 자세히 보면 표정들이 제각각입니다. 석상을 조각한 사람의 절실한 염원과 천 년 가까운 시간이 저마다의 얼굴들을 만들어내었습니다.

흥정이 잘 되지 않았는지 서양인은 빈손으로 나옵니다. 석상은 진열대 구석자리에 다시 놓입니다.

그후, 나는 그곳을 지날 때면 늘 누군가가 나를 보고 있다는 생각을 하게 되었습니다. 돌아보면 그 석상이 나를 보고 있었습니다. 주술적인 느낌이 드는 석상이었습니다.

여행이 끝나고 섬을 떠날 시간이 다가왔습니다. 마지막으로 그 석상을 보러 갔습니다.

여전히 석상은 그 자리에 있었습니다. 주술에 걸린 듯 문을 밀고 들어가 그 석상을 들고 나왔습니다.

그렇게 석상은 내 책상에 자리잡았습니다. 그리고 날마다 나는 석상을 보며 이스터섬을 떠올립니다.

모든 새들이 물고기와 교미했다.

그로 인해서 해가 태어났다.

1부 | 거인과 새와 물고기

칠레에서 서쪽으로 3천7백 킬로미터 떨어진 남태평양 한가운데에
작은 섬 하나 외롭게 떠 있다. 이 섬에는 누가, 언제,
무슨 용도로 만들었는지 모르는 거대한 석상들이 있다.
1722년 4월 5일 부활절 저녁, 네덜란드 선장 로헤벤은
이상한 석상들이 있는 이 섬을 발견한다.
그리고 이 섬을 '이스터섬Easter Island' 이라 명명한다.
이스터섬은 그렇게 세상 사람들에게 알려지기 시작했다.
현재 이스터섬은 칠레령이다.
1966년에 칠레 발파라이소 주州의 행정구역으로 편입되었다.
이 섬의 칠레 공식명칭은 파스쿠아 아일랜드 Isla de Pascua.
하지만 그곳 섬사람들은 라파누이섬이라 부른다.
이스터섬에는 모아이Moai라 불리는 석상이 9백여 개쯤 남아 있다.
석상은 작은 것이 2미터 남짓, 큰 것은 10미터에 이른다.
라노 라라쿠 채석장에 있는, 완성되지 않은 모아이 중에는
20미터가 넘는 것도 있다.
모아이가 만들어지기 시작한 것은 5세기경이며,
거의 1천 년에 걸쳐서 제작된 것으로
고고학자들은 추정하고 있다.
대부분의 모아이 석상들은 아후Ahu라 불리는 제단 위에
세워져 있고 미처 제단으로 옮기지 못한 석상들은
채석장 여기저기에 버려져 있다.
아후에 세워진 모아이 석상들에는 붉은색 화산석으로 만든,
푸카오 Pukao라 불리는 거대한
돌모자가 씌워져 있다. 아후에 세워진 석상들은
전부 섬의 안쪽을 향해 세워져 있다.
마치 섬을 지키는 수호신들마냥……

체 세실리아의 집

마타베리 공항에서 나는 생면부지의 한 여자를 만나야 했습니다.

산티아고 공항에서 만난 남자는 자기 여동생이 공항에 마중 나올 거라고 말했습니다. 주변을 둘러봐도 동양인은 나 혼자뿐입니다.

그때, 머리에 노란 꽃을 꽂은 여자가 나를 불렀습니다.

"요란나."

라파누이 인사말인 '요란나'를 그때는 몰랐습니다. 여자가 꽃 목걸이를 걸어주면서 또다시 '요란나'라고 말합니다. 그제야 나는 아, 이 말이 이곳의 인사말이구나 하고 넘겨짚습니다.

낯선 여행지에 가면서 그곳 인사말 하나쯤은 외워 갈 법도 한데 이번에도 그러지 못했습니다.

나는 '올라' 하고 인사를 받았습니다. '올라'는 안녕이라는 뜻으로, 내가 알고 있는 몇 안 되는 서반아어입니다.

나는 자연스레 그 여자의 차를 탔습니다. 하와이안풍의 꽃무늬 원피스를 입은 여자는 능숙한 운전 솜씨로 공항을 빠져나갑니다. 차 안에는 두 명의 서양인 여행자가 더 타고 있었습니다.

여자의 집은 바닷가에 있었습니다. 잔디가 잘 가꾸어져 있는 너른 마당에는 부켄베리아 꽃이 숨막히게 피어 있었습니다.

여자는 나를 거실로 안내했습니다. 온갖 가전제품에서부터 고급스런 가구까지 유럽 여느 중산층 못지않습니다. 내가 생각했던 절해고도가 아니었습니다. 여자가 커피를 가져왔습니다.

"당신이 마리아입니까?"

나는 그 여자에게 물었습니다. 여자는 고개를 흔들며 자기는 '체세실리아'라고 했습니다.

"마리아는 어디 갔습니까?"

"우리 집에는 마리아가 없습니다."

여자는 고개를 저으며 말했습니다. 나는 아차 싶었습니다. 고향 바닷가가 해수욕장으로 개발되고 나서 여름이면 민박할 피서객들을 호객하던 고향 사람들의 얼굴이 떠올랐습니다. 확인도 없이 선뜻 따라나서는 게 아니었습니다. 늦었지만 나는 그 여자에게 산티아고 공항에서 남자가 적어준 쪽지를 보여주었습니다. 분명 거기에는 마리아라고 적혀 있었습니다. 여자는 건네준 쪽지를 만지작거렸습니다.

"마리아가 아니라면 왜, 나를 불렀습니까?"

목소리에서 약간의 짜증이 묻어나왔습니다.

"당신은 어디에서 왔습니까?"

여자가 뜬금없이 물었습니다. 그 질문의 뜻을 나는 알지 못했습니다.

"당신은 어느 나라 사람입니까?"

그제야 나는 짧게 '코리아노'라고 말했습니다. 여자는 의자에서 일어나 담배에 불을 붙였습니다. 길게 연기를 뱉고 나서 그녀가 말했습니다.

"나는 당신이 일본인인 줄 알았습니다. 이곳에 오기로 한 일본 여성이 있었거든요."

여자는 담배를 물고 내가 앉은 소파 팔걸이에 걸터앉았습니다.

"이곳이 그쪽보다 훨씬 좋은 숙소입니다. 이곳에 오신 것은 당신의 행운입니다."

여자의 영어는 아주 유창했습니다. 유능한 호텔 매니저 같다는 생각이 들었습니다. 나는 그냥 그곳에 주저앉기로 했습니다. 스물여덟 시간의 비행이 내 몸을 녹초로 만들었기 때문입니다.

짐을 대충 부리고 침대에 몸을 누였을 때 갑자기 키득키득 웃음이 나왔습니다. 나 대신 공항을 헤매고 있을 일본 여자가 생각났기 때문입니다. 혹시 마리아와 일본 여자가 만나지는 않았을까요?

그렇게 나의 섬 생활은 처음부터 삐걱대기 시작했습니다. 아직 석상은 보지도 못했는데 말입니다.

대부분의 주민들이 모여 사는
항가로아Hanga Roa 마을이다.
마타베리 공항에서 섬 남쪽
해안으로 마을이 형성되어 있다.
마을에는 교회와 병원,
우체국, 박물관 등이 있다.
섬 인구는 3천여 명이다.

거인 석상

미 을 인쇄징에 사신으로만 보아오던 거인 석상이 서 있습니다.

처음으로 석상을 만났습니다.

절해고도, 인류의 불가사의?

의외로 담담했습니다.

큰 미륵불 하나, 바닷가에 서 있는 듯합니다.

저녁 8시, 아직 햇살은 따갑습니다. 선착장 부근에 작은 카페가 있습니다. 테라스에 자리를 잡았습니다. 후끈한 열기가 바다에 면한 테라스까지 밀려옵니다. 주인인 듯한 중년 여자는 누군가에게 전화를 하고 있습니다. 통화를 끝낸 여자가 메뉴판을 들고 나에게로 옵니다. 하이네켄 한 병과 감자튀김을 시켰습니다.

석상이 만들어낸 긴 그림자 주변으로 섬사람들이 둘러앉아 늦은 하루의 시간들을 소요하고 있습니다.

석상 앞에는 노란색 베스타 승합차가 서 있고, 그 앞을 엑센트 택시가 지나갑니다. 제주도 어느 부둣가에 와 있는 듯합니다. 어디선가

벨소리가 들리는 것 같습니다. 무심결에 핸드폰을 찾습니다. 아! 여기는 한국이 아닙니다. 한국에서 1만6천 킬로미터나 떨어진 태평양 한가운데의 섬입니다. 갑자기 막막해집니다.

핸드폰으로 소통할 대상이 이곳에는 없습니다. 이곳에서 내가 소통할 대상은 저 끝 간 데 없이 이어져 있는 바다와 묵묵히 서 있는 모아이라 불리는 석상들뿐입니다. 하지만 아직은 저들이 낯가림을 하고 있습니다. 아니, 어쩌면 오히려 내가 낯설어 하고 있는지도 모르겠습니다. 함께 있는 시간이 길어지면 소통이 가능할지는 두고 봐야 알 일입니다.

이스터섬 중앙 테라바카 산기슭에서 서쪽 바다를 향해 서 있는 일곱 개의 모아이 석상이 아후 아키비이다. 1960년에 복원된 이 모아이들은 건국 시조인 호투 마투아Hotu Matua 왕의 전설에 나오는 일곱 명의 사자를 기리는 것이라고 이곳 안내책자에 적혀 있다.

일곱 모아이의 높이는 4미터 정도, 한 개의 무게는 10여 톤에 이른다고 한다. 이들이 응시하는 방향은 춘분과 추분의 일몰 방향과 일치해서 천문학적 기능이 있지 않나 추측하기도 한다.

항가로아 마을에서 보이는 바다는 깊고도 푸르러서, 강원도 작은 어촌에서 바라보는 동해와 너무도 흡사합니다. 그런데 이 바다는 섬의 서쪽 바다라고 합니다.

내 방향 인식에 대혼란이 오고 있습니다. 또 지도를 보고 다시 바다를 봅니다. 아무리 봐도 동해입니다. 아니, 서쪽 바다랍니다.

동쪽 바다로 해가 지고 서쪽에서 해가 뜹니다.

남반구라서 방향감각을 잃은 걸까요? 지난밤은 별자리들마저 너무나도 낯설었습니다.

오늘 가야 할 유적지 '아후 아키비'를 가이드북 지도에서 찾습니다. 섬에서 가장 높다는 테라바카 산기슭에 있다고 합니다. 지도에 그곳으로 가는 지름길이 점선으로 표기되어 있습니다. 가이드북에 의지해 길을 나섰습니다.

여행을 떠나기 전 지도를 미리 머릿속에 입력해두고, 현지에 와서 그 장소들을 찾아다닐 때면 나는 어릴 적 숨은 보물찾기의 짜릿함을 즐기곤 했었습니다.

숲이 있는 마을을 벗어나자 강렬한 태양은 사정없이 대지에 내리꽂히고 있었습니다. 타박타박 걷는 발걸음에서 뽀얀 흙먼지가 일어납니다. 폭염에 숨이 턱턱 막혀옵니다.

'이 땅에 익숙해지려면 걷는 게 최고지.'

투덜대는 발을 위로합니다. 그러나 아직까지는 이 땅이 낯선 것은 어쩔 수 없습니다. 이 섬에 온 지 겨우 하루가 지났습니다. 다만 느낌으로 길을 갈 뿐입니다.

걸어온 길을 돌아보았습니다. 떠나온 항가로아 마을은 보이지 않고 땅 끝 너머에는 망망대해만이 일렁이고 있습니다. 눈앞의 산길은 점점 좁아지고 있습니다.

고갯길에 이르렀습니다. 이쯤이면 석상이 나타날 때도 된 것 같은데 사방을 둘러봐도 석상은 보이지 않습니다. 어쩌면 길을 잘못 들었을지도 모른다는 생각을 했습니다.

그나마 희미하게 나 있던 길마저 끊어지고 화산석과 잡초만 뒹구는 산중턱에서 나는 그만 미아가 되고 말았습니다.

나는 그 부근 야산을 뱅뱅 돌았습니다. 그러다 보니 중천에 있던 해는 어느새 서쪽으로 낮이 기울었고 마실 물도 떨어졌습니다. 작은 섬이라고 너무 쉽게 생각하고 길을 나선 것을 후회했습니다.

방목하는 소 몇 마리가 유칼립 나무의 줄기를 뜯다 말고 측은한 눈빛으로 나를 바라봅니다. 할 수만 있다면 소에게 길을 묻고 싶은 심정입니다. 결국 나는 패잔병처럼 터덜터덜 왔던 산길을 되돌아 내려옵니다.

얼마를 내려왔을까요? 한 사내가 말을 몰고 산을 올라오고 있습니다. 사내는 가죽 장화에 중절모, 그리고 손에는 밧줄을 말아쥐고 있었습니다. 마카로니 웨스턴에 등장하는 무비스타처럼 보였습니다.

"요란나!"

어제 배운 이곳 인사를 사내에게 건넸습니다. 사내가 '요란나' 하며 말에서 내립니다. 이 사내의 인사법은 무척 특이합니다. 터을 위로 올리고 두 눈을 치뜨면서 '요란나' 하는 것입니다. 인사할 때 고개를 숙이는 우리와는 정반대의 인사법입니다. 이것이 섬사람들의 인사법임을 나중에야 알았습니다.

아키비 석상 사진이 있는 지도를 사내에게 보여줍니다. 그의 입에서 아키비란 단어가 새어나왔습니다. 그리고 고개를 끄덕입니다. 무슨 뜻일까요? 그곳을 안다는 뜻일까요?

사내는 영어를 하지 못합니다. 나는 라파누이어는 전혀 모를 뿐더러 서반아어는 단어 몇 개가 고작입니다.

사내와 나의 바디랭귀지가 시작되었습니다. 사내는 계속 내가 왔던 산길을 손으로 가리킵니다.

지금까지 산 속을 헤매던 악몽이 되살아나 나는 고개만 가로 저을 뿐입니다.

우리의 소통은 무산되고 사내가 탄 말은 뽀얀 흙먼지를 남기고 내가 내려왔던 산길을 올라갑니다.

풀섶에 털썩 주저앉습니다. 내가 이 먼 곳까지 온 이유는 무엇일까? 끝없이 펼쳐진 바다를 봅니다. 절해고도, 그 말이 가슴에 와닿습니다.

이힝거리는 말 울음소리가 들렸습니다. 돌아보니 그 사내가 다시 말을 타고 나타났습니다.

"아키비, 아키비."

사내는 나보고 막에 타라고 합니다. 나는 판단이 서지 않아 쉽게 결정하지 못했습니다.

돌이켜보면 살아가면서 얼마나 많은 선택을 하였던가요. 그 선택의 결과가 늘 옳았던가요.

나는 차마 용기를 내지 못하고 고개를 저었습니다.

다시 내리막길을 걸었습니다. 그러자 사내는 말을 몰고 쫓아옵니다. 사내가 먼저 갈 수 있도록 길을 비켜주기 위해 걸음을 멈춥니다. 내가 멈추자 사내도 같이 섭니다. 카메라 가방을 쥔 손에 나도 몰래 힘이 들어갑니다.

내가 가면 그도 가고 내가 서면 그도 따라 섭니다. 주변 어디에도 인적은 없습니다. 마음속에서 불안이란 놈이 점점 자리를 넓혀갑니다.

내가 돌아보자 사내는 손을 가로 저으며 '아키비, 아키비' 하고 있습니다.

난 그제야 알았습니다. 그 사내는 내가 지금도 아키비를 찾아 헤매고 있다고 생각한 것입니다.

그 사내의 고맙고도 끈질긴 호의는 내 발길을 다시 돌리게 만들었습니다.

낯선 라파누이 사내의 말을 타고 산길을 오릅니다. 햇볕에 달궈진 안장이 따끈따끈합니다.

내가 헤매던 길을 지납니다. 말 위에서 보니 그 길은 사람이 다닌 흔적이 거의 없는 풀밭 길이었습니다.

사내도 나도 말이 없습니다. 들리는 것은 말의 불규칙한 호흡소리, 말굽에 화산석이 밟히는 소리뿐입니다. 사방은 고요합니다. 파도소리도 이곳 산기슭까지는 미치지 못합니다. 긴장되고 숨막히는 한낮의 적요입니다.

제주도 오름 같은 야산 한 굽이를 돌아서자 시야가 확 트였습니다.

"아후 아키비."

침묵을 깨뜨리고 사내의 목소리가 들렸습니다. 사내가 가리키는 방향에는 사진으로만 보았던 석상들이 저만큼 서 있었습니다. 그렇습니다. 그것은 아키비 석상들이 분명했습니다.

사내는 나를 내려주고 말머리를 돌립니다. 사내의 모습이 산모퉁

이를 돌아 완전히 사라질 때까지 시선을 놓지 않습니다. 왠지 그래야 만 할 것 같았습니다.

관광객은 물론, 이곳 사람들조차도 내가 왔던 산길로는 다니지 않 는다는 사실을 안 건 얼마 후였습니다.

스즈키 지프 한 대가 먼지를 날리며 이곳으로 달려오고 있습니다. 지프에서 사람들이 우르르 내립니다. 그들은 석상을 배경으로 기념 사진을 찍고 일정에 쫓기는 사람들처럼 급히 차에 오릅니다. 사람들 을 태운 스즈키 지프는 서둘러 왔던 길을 되돌아갑니다. 찻길은 나를 비웃기라도 하듯 초원 위를 쭈우욱 뻗어 있습니다. 이제 이곳에는 아 무도 없습니다.

아키비 석상 앞으로 서서히 걸어갑니다. 석상은 훨씬 크고 신비해 보입니다. 풀밭에 앉아 석상을 바라봅니다.

바다는 침묵하고 움직이는 것은 구름 그림자와 풀밭을 살랑거리며 지나가는 바람뿐입니다. 석상과 대화하기에는 더없이 좋은 시간입니다.

지구를 반 바퀴 돌아 이렇게 석상 앞에 앉아 있습니다. 나는 고대 시간이 묻어 있는 돌들을 좋아합니다. 그 돌들이 이야기해주는 전설을 사랑합니다. 그 돌들은 나의 세헤라자데입니다.

오래된 시간들의 흔저을 찾이 침 많은 곳을 떠돌았습니다. 유적지에서의 내 시간 영역은 무한대로 넓어지고 그 시간들을 따라가는 내 영혼은 한없이 자유로워집니다.

아키비 석상들의 이야기를 듣습니다. 햇살이 너무 강렬합니다. 나는 유칼립 나무 그늘 아래로 자리를 옮깁니다. 어릴 적 내가 들은 이야기들은 '옛날 옛적 호랑이 담배 피우던 시절에'로 시작되었습니다. 나는 늘 어머니의 무릎을 베고 그 이야기를 들었습니다. 카메라 가방을 베고 나무 그늘 아래에 눕습니다.

'옛날 옛적…….'

석상 아저씨들의 이야기가 시작됩니다.

나를 깨운 것은 자동차 클랙슨 소리였습니다. 어느새 아키비 석상 아래에서 잠이 들었던 것입니다.

트럭 한 대가 서 있고 라파누이 여자 두 명이 나를 보고 웃고 있습니다. 그 중 한 여자가 내게 다가와 무언가를 내밉니다. 깎은 파인애플이었습니다. 마실 물도 떨어졌고 목이 마르던 차에 얼른 받아먹습니다.

그녀는 서툰 영어로 위쪽에 자기 집이 있다며 같이 가자고 합니다. 사방을 둘러봐도 이 부근에는 집이 없는데 어디로 가자는 건지, 나는 그녀가 모는 트럭을 타고 그들이 가는 데로 따라가 보았습니다. 아키비 석상에서 1킬로미터 남짓 산기슭으로 올라간 지점에 집이 한 채 있었습니다.

다혜네 파인애플 농장

그곳은 파인애플 농장이었습니다. 어림잡아노 2천 평은 넘어 보이는 밭에서 파인애플이 자라고 있었습니다. 땅이 척박해서인지 파인애플 나무들이 모두 땅딸보입니다.

농장주인 듯한 사내가 나옵니다. 그가 다가와 손을 내밉니다.

"내 이름은 다혜입니다."

다혜, 한국 여자 이름과 비슷하다고 했더니 웃었습니다.

그는 서툴긴 하지만 인사말 정도의 영어는 할 줄 알았습니다. 농장으로 나를 데려온 여자들 중 나이 든 쪽은 다혜의 누이이고 다른 쪽은 다혜의 아내입니다.

어디서 나타났는지 털이 긴 개 한 마리가 달려왔습니다. 뒤이어 한 소녀가 그 개를 쫓아왔습니다. 다혜의 딸이라고 합니다.

"요란나."

내가 손을 흔들자 부끄러워 엄마 뒤로 몸을 숨깁니다.

산기슭에 위치한 농장은 전망이 아주 좋습니다. 농장에 다시 놀러 와도 되느냐고 물으니 언제든지 환영이라고 합니다.

다혜 누이인 여자가 나를 부릅니다. 그녀는 나무 그늘에서 혼자 술을 마시고 있었습니다. 그 여자는 무언가를 마치 잎담배처럼 종이에 말아주면서 피워보라고 합니다. 여자의 눈이 충혈되어 있습니다. 자꾸 '릴렉스'라는 단어만 반복합니다. 무엇일까요? 호기심으로 한 모금 빨아보지만 건초 냄새만 날 뿐입니다.

"아키비 석상도, 저 산도, 바다도 다 우리 라파누이 것이었다. 그러나 지금은 칠레 사람들이 다 뺏아갔다."

여자의 목소리에 분노가 묻어납니다. 다혜가 누이를 데려갑니다.

서쪽 바다가 노을로 물들기 시작합니다. 며칠 후 다시 들리겠다는 약속을 하고 농장을 나섭니다.

라파누이 여자의 비애와 낯선 땅에서 맞는 일몰의 풍경이 내 마음을 아리게 합니다.

오롱고에 갑니다. 마타베리 공항 부근에서 길을 물으니 오른쪽 길을 따라가라고 합니다. 가시오가피 나무가 가로수로 심어져 있습니다. 부켄베리아 꽃이 만발한 집 한 채가 오롱고로 향하는 내 발길을 붙듭니다. 이곳 사람들은 꽃을 참 좋아합니다. 꽃으로 몸을 치장하고 꽃으로 집을 가꿉니다.

정원에서 주인인 듯한 여자가 내게 손을 흔듭니다. 그녀의 얼굴에 미소가 가득합니다. 왠지 낯이 익습니다. 섬에 온 지 겨우 이틀이 지났을 뿐인데 낯익은 사람이라니. 나 또한 미소로 답하며 그녀에게 다가갑니다. 여자는 영화 속 귀부인처럼 우아합니다. 이 집은 고위관료의 저택이 아닐까 하는 생각이 듭니다. 그녀는 일하는 사람을 시켜 레몬주스 한 잔을 내옵니다.

그제야 생각이 납니다. 산티아고에서 같은 비행기를 타고 온 부인입니다.

"여행은 어떤가요?"

여자가 묻습니다.

이스터섬 신화의 주신 主神은 마케 마케Make Make 신이다.

새의 머리를 가진 인간으로 묘사되는 마케 마케 신은
이곳 호투 마투아 씨족의 수호신이다.
마케 마케 신의 성전이 있는 곳이 바로 이 오롱고Orongo 성지다.
이곳은 사화산死火山인 라노 카오Rano Kao 산 정상에 있으며,
벼랑 끝 바위에는 새 머리를 지닌 조인의 부조가 수없이 새겨져 있다.
오롱고가 성지로 선택된 이유는
앞바다에 작은 섬 세 개가 있기 때문이다.
모투누이, 모투이티, 모투카오카오, 세 섬들의 이름이다.
세 개의 섬들은 마케 마케 신神이 바다새를 이끌고 왔다는 섬이다.
그 중 가장 큰 섬인 모투누이는 철새인 검은제비갈매기가
해마다 봄이 오면 알을 낳기 위해 날아드는 섬이다.
봄이 오는 남반구의 7월이 되면 이곳 오롱고 성지에서는
'탕가타 마누'라는 조인鳥人 의식이 행해진다.
종교가 가톨릭으로 바뀐 지금은
그 행사가 축제로 발전되어 계속되고 있다.
이 조인鳥人 의식은 모투누이 섬으로 해엄처
가서 그 해의 첫 검은제비갈매기 알을 먼저 갖고 오는 사람이
그 해의 조인이 되어 부족의 종교적 · 정치적 실권을 잡는 의례였다.

"이제 시작인걸요."

여자와 헤어져 다시 길을 나섭니다. 포장노로는 요란나 호텔을 지나서 끝이 납니다. 그 지점부터는 산길이 시작됩니다. 말이 산길이지 차가 다니는 길입니다.

이 섬의 산들은 대부분 민둥산인데 이곳은 숲이 제법 울창합니다. 대부분은 유칼립 나무이고 엘더베리 나무도 가끔씩 섞여 있습니다. 길은 있는데 다니는 차도, 사람도 없습니다. 가끔씩 방목하는 소들이 숲 사이로 불쑥 나타나 나를 쳐다봅니다. 한산한 섬입니다. 이곳에서는 길을 잃을 염려가 없을 것 같습니다.

느긋하게 산길을 오릅니다. 숲 곳곳이 훼손되고 있습니다. 아름드리 유칼립 나무들이 잘려나가고 화전민들처럼 불을 질러 초지를 만들고 있습니다. 베어진 유칼립 나무에서 향기가 납니다. 향나무 향 같습니다.

숲 지대를 빠져나오자 민둥산 길입니다. 그늘이 없어 덥긴 하지만 섬 전체가 한눈에 들어옵니다.

쉬엄쉬엄 걸은 탓에 빤히 보이는 정상을 두 시간이나 걸려 올랐습니다. 산 정상에 거대한 분화구 호수가 나타납니다. 제주도 성산 일출봉 분화구에 물이 차면 이런 모습일 것입니다. 분화구 호수에는 갈대와 수초들이 자라고 있습니다.

산 정상에서 섬 전체를 둘러봅니다. 사방이 바다입니다. 대양을 달려온 바람이 해안선 모래톱에 파도를 풀어놓고 오랜만에 만난 뭍을 올라 유칼립 나무 잎사귀를 어루만지고 이렇게 내 마음까지 흔들어 놓고 다시 대양으로 달아나고 있습니다.

절해고도 정상에서 가슴이 시리도록 바람을 맞습니다.

분화구 서쪽 정상에 돌로 쌓은 구조물이 여러 개 보입니다. 축대 같기도 하고 혹은 비무장지대의 벙커를 연상시키기도 합니다. 그 돌집의 입구는 간신히 한 사람이 기어 들어갈 정도로 좁았습니다. 이런 돌집이 50여 채나 된다고 합니다. 이곳은 조인 축제가 행해질 때 사용되는 하나의 의식용 마을입니다. 이곳 전체가 오롱고 성지입니다.

서쪽 바다에는 세 개의 작은 섬이 배처럼 떠 있습니다. 서쪽 벼랑 끝 바위에는 수없이 많은 부조가 조각되어져 있습니다. 부조의 대다수는 사람의 몸에 새의 머리를 지닌 조인상鳥人像입니다.

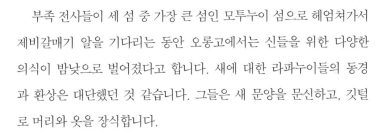

부족 전사들이 세 섬 중 가장 큰 섬인 모투누이 섬으로 헤엄쳐가서 제비갈매기 알을 기다리는 동안 오롱고에서는 신들을 위한 다양한 의식이 밤낮으로 벌어졌다고 합니다. 새에 대한 라파누이들의 동경과 환상은 대단했던 것 같습니다. 그들은 새 문양을 문신하고, 깃털로 머리와 옷을 장식합니다.

절해고도에 고립되어 있는 이곳 사람들에게 자유롭게 날아다닐 수 있는 새들이야말로 신비와 동경의 대상이었던 같습니다.

서쪽 하늘에서 거대한 새 한 마리가 섬을 향해 날아오고 있습니다. 타히티 섬에서 오는 란 칠레 항공 여객기입니다. 새가 되고 싶었던 라파누이들은 이제 하늘을 나는 문명의 이기 덕분에 먼 곳까지 날아갈 수 있게 되었습니다. 꿈이 이루어진 것일까요?

오늘 아침, 항가로아 마을에 있는 성당에 가보았습니다. 많은 라파누이들이 새벽 기도를 하고 있었습니다. 성당은 오늘날 라파누이 영혼의 안식처입니다. 하지만 그리 멀지 않은 과거에는 바로 이 오롱고가 그 역할을 대신했을 것입니다.

바위에 새겨진 조인의 부조가 아직도 선연하고, 철 따라 제비갈매

기는 모투누이 섬으로 찾아오건만 이제 이곳에서는 신에 대한 신앙
도, 경배도 사라진 지 오래입니다. 성스러웠던 오롱고 조인 의례는
이제 하나의 관광상품으로 전락하고 말았습니다. 정신적인 기능을
상실한 마케 마케 신은 바위 속 부조가 되어 가끔씩 찾아주는 여행자
들의 사진 모델이 될 뿐입니다.

약속대로 다혜네 농장을 다시 방문했습니다. 이번에는 시장에 나왔던 다혜의 차를 얻어 타고 왔습니다. 염치없지만 나는 이곳 농장에서 며칠 지낼 요량입니다.

다혜네 농장의 주작물은 파인애플입니다. 어제 시장에서 다혜의 누이, 니네가 파인애플을 파는 걸 보았습니다. 가격은 큰 것이 1천 페소, 우리 돈 2천 원 정도이고 작은 것은 5백 페소에 팔립니다. 다른 파인애플도 사먹어 보았지만 다혜네 파인애플이 훨씬 달고 맛있는 것 같았습니다.

시장에서 파인애플을 파는 것은 니네의 몫이었습니다. 니네도 결혼하지 않고 동생과 함께 산다고 합니다. 나를 붙들고 손가락에 반지가 없다며 쓸쓸히 웃었습니다.

농장에는 많은 짐승들이 있습니다. 고양이, 개, 염소, 닭, 소, 말, 양……. 가축이라 불리는 동물들이 거의 다 있습니다. 게다가 이렇게 군식구까지 보태졌으니 정말 대가족입니다. 손님이 온다고 다혜가 시장을 많이 봐온 모양입니다. 아내는 농장 일로 바쁘고 누이 니네가

연신 '베아, 베아'를 외치며 음식을 준비합니다. '베아'는 덥다는 뜻
입니다.

무쇠로 된 화덕에 불을 지피고 시장에서 사온 큼지막한 소 등뼈를
토막쳐 솥에 넣고 끓입니다. 고기가 한소큼 끓자 누렇게 익은 호박과
이 섬에서 많이 나는 타로(토란 종류), 그리고 당근 등을 넣고 푹 끓입니
다. 라파누이식 곰탕이 만들어지고 있습니다. 니네는 살코기 한 토막
을 떼어 화덕 위에 올려놓고 소금을 뿌려가며 굽습니다. 고기 굽는
냄새에 고양이 두 마리가 먼저 화덕 주위에 자리를 잡습니다. 나를
위한 배려였습니다.

만들어진 음식이 놓이고 식구들은 바다가 보이는 야외 식탁에 모
여 앉습니다. 즐거운 저녁 만찬입니다.

다혜가 라파누이 언어 몇 마디를 가르쳐주겠다고 합니다. 한때 다
혜는 이곳 학교 선생님으로, 학생들에게 라파누이 언어를 가르쳤다
고 합니다.

나는 착한 학생이 되어 라파누이 언어를 배웁니다. 먼저 식탁에 있
는 것부터 시작합니다. 다혜가 파인애플을 들고 '아나나' 합니다. 내

가 바구니에 담긴 바나나를 가리키며 '바나나' 했더니 일곱 살배기 딸 기미마이가 고개를 끄덕입니다. 바나나는 이곳에서도 바나나옆슈니다. 수박은 '마레니', 식탁 아래 앉아서 야옹거리는 고양이는 '쿠리', 개는 '바이헹아', 닭은 '모아'입니다. 나는 고기 한 점을 떼어 저만큼 있는 개를 부릅니다.

"바이헹아."

말을 알아들었는지 아니면 내가 들고 있는 고기 때문인지 개가 내 곁으로 오고 있습니다.

서쪽 하늘이 붉게 물들고 있습니다. 강렬하던 태양은 새색시처럼 얼굴을 붉히며 넓은 바다의 품속으로 안기고 있습니다.

화덕에서 갓 구워낸 스테이크, 라파누이식 곰탕, 그리고 좋은 라파누이들…….

다혜는 아이스박스에서 맥주를 꺼내옵니다.

"만루이야."

'만루이야'는 '건배'라는 뜻입니다.

테라바카Terevaka 산은 이스터섬에서 가장 높은 산입니다. 해발 502미터밖에 되지 않아 산이라고 부르기에는 너무 낮지만 이 섬에서는 가장 높은 곳입니다.

이른 아침, 테라바카 산에 오르기로 합니다. 농장 일꾼인 라파누이 청년과 열세 살 먹은 다혜의 아들이 함께 갑니다. 다혜도 가기로 했지만 급한 일이 생겨서 같이 가지 못한다고 무척 미안해합니다.

원래 다혜가 모는 말을 함께 타고 가기로 했었는데 다혜가 못 가게 된 탓에 내가 직접 말을 몰게 되었습니다. 단독 승마는 난생 처음입니다. 좀 두렵긴 했지만 아키비 석상을 찾아가는 길에 사내의 말을 얻어 탔던 경험이 있어 용기를 냈습니다.

내가 탈 말은 갈기를 곤두세우며 낯선 사람을 경계하고 있습니다. 다혜가 목덜미를 쓰다듬으며 진정시키자 이내 순순히 받아들입니다. 뒤늦게 잠에서 깨어나 어린 딸이 따라가겠다고 떼를 씁니다.

출발입니다. 세 마리의 말이 나란히 나아갑니다. '황우'라는 이름의 셰퍼드는 저만큼 앞서 달려갑니다.

바람은 시원하고 공기는 맑고 깨끗합니다. 드문드문 서 있는 유칼립 나무 사이로 펼쳐진 초원은 완만하고 부드러운 선을 이루며 바다와 맞닿는 곳까지 이어져 있습니다. 군데군데 방목하는 소떼들이 물끄러미 우리 일행을 쳐다보고 있습니다. 황우가 소떼들에게 와락 달려듭니다. 황우의 짓궂은 장난에 소들은 산 능선으로 줄행랑을 치고 있습니다.

막 깨어나기 시작한, 짙은 감청색 바다는 서서히 밝아오는 하늘빛을 닮아가고 있습니다. 섬 동쪽의 라페루스 만灣에서 솟아오른 태양으로 인해 섬 서쪽 해안에 테라바카 산 그림자가 마치 지도처럼 그려집니다.

섬 서쪽 바다에서 산 정상까지는 민둥산입니다. 화산석으로 뒤덮인 척박한 땅에는 풀들만이 듬성듬성 자라고 있고, 가끔씩 몇 그루의 유칼립 나무들이 무료한 풍경 속에 서 있을 뿐입니다.

농장에서 말을 타고 한 시간 남짓 오르자 금세 산 정상입니다. 정상은 하나의 봉우리로 되어 있는 게 아니라 작은 분화구 세 개가 모여 있습니다. 그래도 그 중 가장 높은 곳에 작은 돌무더기가 만들어

져 있어 이곳이 섬에서 가장 높은 곳임을 말
해주고 있습니다.

　사방이 바다입니다.
　나는 대양을 건너는 한 마리 새입니다.
　절해고도 산 정상에서 지친 날개를 쉬어
가려 합니다.
　북쪽 바다를 봅니다. 저 대양이 끝나는 어
디쯤 내가 떠나온 곳이 있을까요?

　섬은 동서로 길게 바다에 누워 있습니다.
제주도 오름 같기도 하고 경주의 왕릉 같기
도 한 봉우리들이 여기저기 솟아 있습니다.
서남쪽 끄트머리에는 며칠 전에 기보았던 라
노 카오 화산 분화구가 있습니다. 그 아래로
라파누이들이 모여 사는 항가로아 마을이 조

개껍질처럼 다닥다닥 붙어 있습니다. 섬 동쪽으로는 포이케 반도라 불리는 곳이 있고 그곳에는 작은 오름 같은 봉우리가 솟아 있습니다.

하산하는 길은 유칼립 나무 숲이 있는 동쪽 능선입니다. 숲이 끝나는 지점에 라노 아로이Rano Aroi라는 작은 분화구가 있습니다. 그곳에는 토토르라 불리는 갈대가 자라고 놀랍게도 맑은 샘물이 솟아나고 있었습니다. 유칼립 나무 숲이 생명수를 만들어내고 있었던 것입니다. 샘물은 홈통으로 이어져 다혜네 농장까지 흘러들어 사람과 짐승들을 먹이고 농작물을 키워냅니다. 샘물은 숲이 주는 작고도 위대한 선물입니다.

섬에는 나무가 많지 않습니다. 사람들이 모여 사는 항가로아 마을에 약간의 숲이 있고, 라노 카오 분화구가 있는 산기슭과 섬을 가로지르는 도로 중간에 몇 그루의 나무들이 자라고 있을 뿐입니다. 숲을 이루고 있는 나무 대부분은 유칼립 나무입니다. 하지만 먼 옛날에는 섬 저지대에 야자나무 숲이 무성했다고 고고학자들은 말합니다. 그 많던 나무들이 카누 제작과 모아이 석상 운반을 위해서 베어졌고 마침내 숲은 사라졌다고 합니다.

그렇다면, 황폐한 섬에 서 있는 모아이 석상은 숲과 맞바꾼 것일
까요?

아름다운 숲을 제물로 바쳐 석상을 제작할 만큼 절박한 고대 라파 누이의 기원은 무엇이었을까요.

바닷가 아후에 쓸쓸하게 서 있는 석상에서는 슬프고도 아련한 숲 향기가 배어납니다.

라노 라라쿠 채석장

　이스터섬에는 한국산 차량들이 많이 굴러다닙니다. 라노 라라쿠 Rano Raraku에 가기 위해 탄 택시도 기아자동차의 아벨라입니다. 라파누이 택시 기사는 한국 차의 성능이 좋다며 엄지를 세웁니다. 한국에서 온 나를 위한 말이겠지만 그래도 기분은 좋습니다. 이 작은 섬에 무려 65대의 택시가 있다고 합니다.

　택시는 섬 남쪽 해안도로를 달립니다. 태평양 절해고도에도 21세기의 시간은 엄연히 존재합니다. 일주일에 몇 번씩 비행기가 뜨고 자동차들은 쓰러져 있는 모아이 석상들을 비웃기라도 하듯 씽씽 달리고 있습니다. 모아이 석상의 신화는 시간 저편으로 점점 밀려나고 있습니다. 나는 밀려난 그 시간을 찾아 이렇게 가고 있습니다.

　며칠 전 와보았던 아후 바이후 Vaihu와 아후 아카항가 Akahanga를 지납니다. 아후란 신을 위한 야외 성소, 즉 모아이 석상을 세워두었던 제단 같은 것을 이르는 이곳 말입니다. 저 이후들은 이곳 섬에서도 규모가 큰 아후들입니다. 이상하게도 이곳 아후에 서 있는 석상들은 하나도 없습니다. 모두가 아후 주변에 쓰러져 있거나 깨어진 채 바다에 떠내려가고 말았습니다.

한때는 섬 인구보다 많았다는 석상들은 서양 침략자들에 의해 파괴되었고 그나마 남아 있던 석상들마저 18세기 말과 19세기 초에 섬 사람들간의 전쟁으로 파괴되었다고 합니다. 현재 세워져 있는 석상들은 근래에 복원된 것입니다.

라노 라라쿠의 채석장 산기슭에 이르러 택시에서 내립니다. 라노 라라쿠는 분화구 호수가 있는 오래된 화산입니다. 이곳이 채석장으로 선택된 것은 석상 제작에 쓰일 용암이 많았기 때문이라고 합니다.

이른 시각이라 사람은 보이지 않습니다. 입구에서 올려다본 산기슭 여기저기에 석상들이 서 있습니다. 마치 사람들이 서서 아래를 내려다보는 것 같았습니다. 채석장 곳곳에는 미처 완성되지 못한 석상들이 바위에서 꺼내달라고 아우성입니다. 길이가 무려 20미터나 되는 거대한 석상도 있습니다.

산기슭을 오르면서 나는 거인들의 성에 들어가는 상상을 합니다. 거인들은 마법에 걸려 움직이지 못합니다. 그들의 시간은 이미 오래 전에 정지되었고 주변의 시간은 흘러갑니다. 그들 대부분은 산에서

흘러내린 토사에 파묻힌 채 간신히 목만 내밀고 있습니다. 그래도 하 늘을 볼 수 있는 거인들은 나은 편입니다. 그 큰 덩치로 얼굴을 땅에 처박고 있는 거인의 모습은 안쓰럽기 짝이 없습니다. 시간이 만든 기 이한 풍경입니다.

이 거인들의 나라에서 나는 두려움을 느낍니다. 엄마 치마폭에 숨 는 아이처럼 개중 마음씨 좋아 보이는 거인 아저씨 등에 기대어 앉았 습니다. 석상의 체온이 가슴으로 느껴지는 것 같습니다.

사물은 눈에 보이는 것보다 더 가까이 있었습니다. 들리는 건 파도 소리와 바람소리뿐, 그야말로 적막강산입니다. 오래된 시간을 유추 해보기에 좋은 시간입니다.

먼 옛날, 라노 라라쿠의 채석장 남쪽에는 마녀가 살고 있었습니다. 마나(초자연적인 힘)를 지닌 마녀는 마음대로 석상을 움직일 수 있었고, 석상을 바닷가 제단으로 보내는 일을 했습니다.

어느 날 한 마을사람이 바다에서 큰 새우를 발견하였습니다. 새우 를 잡으려고 많은 사람들이 물에 들어갔지만 한 명도 살아 돌아오지 못했습니다.

　　그러던 어느 날 라노 라라쿠에서 석상을 제작하던 장이족長耳族인
'하나우 에에페'가 큰 새우를 잡았습니다. 하지만 그는 새우를 미녀
에게는 주지 않고 사람들과 먹어치워 버렸습니다. 새우 껍질을 본 마
녀는 크게 화를 내고 석상 옮기는 작업을 중단시켜 버렸다고 합니다.

　　또 다른 전설로는, 신비의 대족장 '투코 이후'와 수호신 '마케 마
케'가 석상에게 아후로 걸어 올라가라고 명령했다고 합니다.

　　수수께끼 같은 석상에 관한 이야기에는 우주인들이 만들었을 것이
라는 현대판 신화들까지 가세합니다.

　　"원시적인 소형 석기들만으로는 이 거대한 석상들을 제작, 운반할
수 없다. 이러한 작업을 한 사람들은 초현대적인 도구를 지녔을 것이
다. 외계인들이 이 섬에 도착하여 머무는 동안 자기들이 이 섬에 체류
했다는 것을 영원히 기억할 수 있도록, 혹은 자기들을 돌봐준 친구들
에 대한 우정의 표시로 이 석상들을 제작했을 것이다. 이 신적인 존재
들이 떠나고 원주민들은 석기로 석상을 완성하려 했지만 실패했다."

　　　　　　　　　　　　　　　　　—에리히 폰 대니켄의 『별들로의 귀환』

정말 외계인들의 작품일까요? 아니면 옛날 이곳 석공들의 실력을 과소평가해서 내린 결론은 아닐까요? 만약 섬사람들이 석상을 만들었다면 왜 만들었을까요? 미륵이 도래하는 용화세계를 위해 천불천탑을 만들었다는 화순 운주사 전설처럼 이곳 석상을 제작했던 사람들의 절실한 기원들은 무엇이었을까요? 의문은 꼬리에 꼬리를 물고 계속됩니다.

한 가지 확실한 것은 이 석상들이 섬사람들을 살찌운다는 것입니다. 한때는 종교적 기능이 부여되어 이곳 사람들의 정신적 지킴이었을 텐데 지금은 경제적 기능이 부여되어 외화벌이에 바쁩니다. 신이 떠난 자리에 돌의 형상만이 남아 있습니다.

통가리키 석상들

섬 동쪽의 포이케 반도 해변에 15개의 모아이 석상이 서 있습니다. 그곳은 라노 라라쿠 채석장에서도 보입니다. 내리던 비도 그치고 타박타박 내리막길을 걸어 해변으로 갑니다. 빤히 바라보이는 거리지만 쉽게 좁혀지지 않습니다. 채석장에서 만들어진 석상들도 이 길을 통해 옮겨졌을까요. 오던 길을 뒤돌아보니 거인 석상들이 산자락에 서서 나를 배웅하고 있습니다.

미니 지프 한 대가 멈춰섭니다. 운전자는 방향이 같으면 태워주겠다고 합니다. 차에는 중년 부부가 함께 타고 있었습니다. 운전자인 오케니언은 요란나 호텔에서 야간 경비를 본다고 합니다. 그의 아내가 집에서 민박을 해서, 민박 손님을 태우고 섬을 일주하는 길이랍니다.

산티아고에서 왔다는 루이스 부부와 자연스레 일행이 됩니다. 루이스는 공무원으로 정년 퇴임했고 그의 아내 마리아는 물리치료사로 일했다고 합니다. 열심히 일하고 말년에 부부가 함께 여행하는 모습이 참 아름답습니다. 루이스는 한글이 적힌 모자를 쓰고 있었는데, 이 글씨가 한국어라는 사실을 덕분에 알게 되었다며 좋아합니다. 모자는 산티아고에서 선물로 받은 것이랍니다.

바닷가 아후에 세워진 15개의 석상들은 우선 그 크기와 숫자에서 보는 사람을 압도합니다. 일렬로 선 석상들이 카메라 앵글에 들어오지 않아 자꾸 뒤로 물러서게 됩니다. 마침 큰 바위 하나가 있어서 그곳에 올라가 사진을 찍었습니다. 그런데 뭔가 이상했습니다. 자세히 보니 바위는 누워 있는 거대한 석상이었습니다.

'모아이 아저씨, 정말 미안해요.'

중국 진시황릉에서 출토된 병마용갱들도 얼굴 표정이 다 각각이라고 하는데 이곳 석상들 얼굴도 제각각입니다. 석상 얼굴 하나하나를 카메라에 담았습니다.

제단 앞으로는 오래된 집터들과 석상에서 떨어져나간 돌모자(푸카오)들이 흩어져 있고, 집터 주위 바위에는 암각화들이 많이 새겨져 있습니다. 마케 마케 신의 얼굴, 거북이, 참치, 조인鳥人 등 여러 문양이 있었습니다. 친절한 오케니언 덕분에 여러 암각화들을 자세히 볼 수 있었습니다.

섬 해안 일주 도로는 통가리키에서 포이케 반도를 가로질러 라페

루스 만을 끼고 이어져 있습니다. 이 부근에는 작은 돌탑들이 많이 있는데 닭을 키우던 집이라고 합니다. 섬 동쪽은 섬 서쪽에 비해 화산석이 많은, 아주 척박한 땅입니다. 농사지을 땅도, 나무가 자랄 공간도 없습니다. 대양에서 불어오는 바람만이 이 삭막한 섬의 주인인 것처럼 기세가 등등합니다.

오케니언이 바닷가에 있는 '테 피토구라'라고 불리는 곳에 차를 세웁니다. 관광객 몇 사람이 커다란 둥근 돌 앞에서 기념사진을 찍고 있었습니다.

마치 거대한 알처럼 생긴 이 돌은 전설의 왕 '호투 마투아'가 그의 고향에서 싣고 온 신비의 돌이라고 합니다. 오케니언이 작은 머리핀을 돌 가까이 갖다대자 핀이 파르르 떱니다. 이 바위를 껴안으면 신비한 기운을 얻는다고 나더러 돌을 껴안아보라고 합니다. 나는 이 섬의 신비를 느끼기 위해 바위를 껴안았습니다. 마케 마케 신의 신비가, 저 모아이 석상들의 신비가 나에게 전해져오기를 소망해봅니다.

아나케나 해변에서

아나케나 해변은 작은 백사장이 있고 야자나무 숲이 백사장 주변으로 울창합니다. 이곳 섬사람들이 차를 몰고 와 수영을 즐기는, 섬 유일의 휴양지입니다. 그러나 이곳에는 식당이나 숙박시설이 전혀 없습니다. 자연 그대로입니다. 백사장 사구 언덕에 몇 기의 모아이 석상이 서 있습니다.

아나케나 만灣은 호투 마투아 왕이 가족들을 데리고 처음으로 상륙한 해안으로 알려져 있습니다. 그리고 왕들이 왕궁을 짓고 살았던 곳입니다.

왕들의 권위는 마나mana에 의해 평가받았습니다. 마나란 역대 왕들로부터 물려받은 신성한 힘입니다. 이 힘은 재앙으로부터 섬을 지키고, 농사가 잘되게 하고, 철 따라 물고기와 제비갈매기가 나타나게 하는 것입니다.

과거 이곳에는 롱고롱고(상형문자가 새겨진 나무 서판)를 배우는 학교가 있었다고 합니다. 일 년에 한 번씩 왕이 주관하는 서판 암송대회가 열렸는데 많은 사람들이 참석해서 서판 읽기를 겨뤘다고 전합니다.

루이스 부부는 수영을 할 거라며 아이처럼 좋아합니다. 해변으로 향하는 부부를 뒤로 하고, 석상들을 카메라에 담기 위해 해변 언덕을 오릅니다. 야자나무 사이로 쏟아지는 햇빛이 어찌나 투명한지 사물이 비현실적으로 보입니다.

바닷가 언덕에 다섯 개의 석상들이 형제처럼 나란히 서 있습니다. 이 석상들은 푸카오라 불리는 돌모자를 쓰고 있는데 막내 석상만 모자가 없습니다. 아마도 수영 갔다 잃어버린 모양입니다. 제단 바위에는 제비갈매기 암각화가 선명합니다. 이들 석상의 이름은 '나우나우'입니다.

석상은 1978년에 복원되었습니다. 복원되는 과정에서 처음으로 석상의 눈이 발견되었다고 합니다. 석상의 눈은 흑요석과 산호로 만들어져 있었다고 합니다.

조금 떨어진 언덕에 또 하나의 석상이 외롭게 서 있습니다. 호투마투아 왕을 기리는 석상이라고 합니다. 그렇게 생각해서인지 다른 석상들에 비해 위엄 있어 보입니다. 석상 아래에는 '콘티키'라고 적혀 있습니다.

이 석상을 복원한 사람은 노르웨이 인류학자 헤이에르달입니다.
그가 호투 마투아 석상에다 콘티키란 이름을 붙였습니다. 콘티키는
인디오의 태양신 이름이자, 헤이에르달이 타고 태평양을 횡단했던
뗏목의 이름이기도 합니다.

사진을 찍다 말고 해변으로 달려가 바닷물에 몸을 던집니다. 섬에
온 이후 처음으로 모아이 석상으로부터 자유로워지고 있습니다.

롱고롱고 서판

라파누이 상형문자인 롱고롱고 서판을 보러 박물관에 갑니다. 참 소박한 박물관입니다. 전시물이라고 해야 기껏 사진과 그림 몇 점, 토기 몇 개가 전부입니다. 사진과 그림은 초창기에 이 섬을 찾았던 항해사들과 선교사들이 남긴 것들이며, 토기는 타하이 유적지에서 출토된 것입니다. 방문객이 거의 없는 탓에 박물관 아가씨는 졸고 있 습니다.

한쪽 구석에 세 장의 롱고롱고 서판이 전시되어 있습니다. 서판에 는 새, 나무, 태양, 물고기 등을 닮은 상형문자들이 새겨져 있습니다. 그 중에는 이 섬에서 볼 수 없는 동물의 문양도 있다고 합니다. 이 그 림문자가 해독되면 모아이 석상의 비밀도 알아낼 수 있지 않을까 기 대해보지만 아직도 해독은 불가능한 채 신비에 싸여 있습니다.

이 섬 최초의 선교사인 '외젠 에로' 수사는 교단에 제출한 보고서 에서 이렇게 말합니다.

"집집마다 상형문자가 새겨진 나무 막대기와 나무판들이 많이 있

습니다. 이 나무판들은 고유의 이름을 갖고 있긴 하지만 주민들도 그 의미를 잘 모르는 것 같습니다. 그저 보관해야만 하는 것으로 알고 있었습니다."

에로 수사가 이스터섬에 들어오기 두 해 전인 1862년, 페루의 노예선들이 섬을 습격했습니다. 그때 수많은 원주민들이 구아노 채취 회사에 노예로 팔려갔습니다. 이 과정에서 9백여 명의 원주민들이 목숨을 잃었습니다.

노예로 끌려갔던 원주민 1백여 명은 타히티 주교의 도움으로 다시 섬으로 돌아오게 되지만, 항해 도중 전염병으로 대부분이 죽었습니다. 결국 섬에 도착한 사람은 겨우 15명뿐이었습니다. 더 큰 재앙은 그 이후였습니다. 그들이 옮겨온 전염병이 퍼져서 섬 인구는 순식간에 십분의 일로 줄어들고 말았습니다.

롱고롱고를 가르치던 사제들의 대다수도 이때 희생되었습니다. 때문에 롱고롱고를 읽을 수 있는 사람도 점점 희박해져서, 서판의 해석은 갈수록 미궁 속으로 빠져들 수밖에 없었습니다.

더구나 선교사들이 대규모로 섬에 들어오자 라파누이들은 개종을 강요받게 됩니다. 종교는 원주민들의 풍습을 파괴했고, 많은 롱고롱고 서판들이 원주민 스스로에 의해 불태워지게 되었습니다.

현재 세상에 존재하는 서판은 불과 스물다섯 개뿐입니다.

원래 폴리네시아인들은 문자가 없었다고 합니다. 인류학자 헤이에르달은 이 기록 형태가 아메리카 대륙으로부터 흘러왔을 것이라 주장합니다. 잉카시대의 역사가 기록된 나무판자들을 스페인 침략자들이 불태웠다는 증언이 남아 있기 때문입니다.

이 문자를 해독하려는 시도는 무수히 있었습니다. 1886년, 워싱턴 박물관을 위한 업무 수행차 이곳에 들른 윌리엄 톰슨은 이 서판을 해석해보려고 '우레 바레이코'라는 83세의 노인을 찾아갔습니다. 노인은 서판을 읽을 수는 있지만, 롱고롱고를 읽는 일이 가톨릭 계율에 위배된다며 서판에 손조차 대려 하지 않았습니다. 이에 윌리엄 톰슨은 실제 서판이 아닌 서판 사진(그것도 주교가 직접 찍은)을 보여주면서 노인을 설득하기 시작했습니다. 간곡한 설득과 술기운에 마음이 약해진 노인은 사진을 보며 롱고롱고 몇 줄을 읽어 내려갔습니다.

노인이 읽은 것은 풍요를 기원하는 노래라고 합니다. 하지만 그 노인의 해석이 맞는지는 확인할 길이 없습니다.

최근에 롱고롱고를 연구한 미국의 언어학자 스티븐 피셔는 이 문자들이 이스터섬의 창조신화와 관련 있는 것 같다는 견해를 조심스럽게 내놓았습니다. 그가 해석한 롱고롱고 한 문장입니다.

"모든 새들이 물고기와 교미했다. 그로 인해서 해가 태어났다."

아! 얼마나 멋진 상징인가. 저 롱고롱고 서판이 내 상상력에 날개를 달아주고 있습니다.

라파누이들의 몸에 새겨진 문신에는 새와 물고기가 가장 많습니다. 피셔의 방식대로 상상을 해봅니다.

"모든 새들이 물고기와 교미했다. 그로 인해서 라파누이가 태어났다."

푸나파우 채석장

항가로아 시내에서 북쪽으로 작은 오름 몇 개가 있습니다. 그 오름들 중 한 곳이 푸나파우 채석장입니다. 이곳에서 모아이 석상의 돌모자가 만들어졌습니다. 걷기에는 좀 멀고 택시를 타기에는 돈이 아까운 거리입니다. 이곳 사람들은 웬만한 거리도 택시를 이용합니다. 섬에서 택시로 가장 멀리 갈 수 있는 거리라고 해봐야 항가로아 마을에서 불과 20킬로미터인 아나케나 해변 정도입니다. 마라톤 코스 절반도 안 되는 거리입니다. 섬사람들 대부분이 모여 사는 항가로아 마을은 3킬로미터 이내에 형성되어 있습니다.

시장에 나갔다가 다혜 내외를 만났습니다. 오늘 다혜 아내는 유난히 멋을 많이 냈습니다. 깃털 장식의 모자를 쓰고 레이스가 예쁜 흰색 블라우스에 진 반바지를 입었습니다. 남편과 함께 시장에 나온다고 잔뜩 멋을 부린 모양입니다.

돌아가는 길에 나를 푸나파우 갈림길에 내려줄 수 있느냐고 다혜에게 물었더니 흔쾌히 승낙합니다. 저번에 다혜네 농장으로 가다가 표지판을 보았던 기억이 납니다.

오후 한시쯤이면 이곳 시장은 대부분 철시합니다. 아마도 열대지방 특유의 시에스타 타임인 것 같습니다. 곧장 농장으로 돌아갈 준 알았던 다혜 내외는 마을 이 집 저 집을 돌며 일을 보는데 언제 끝날지 알 수가 없습니다. 대개 친척들이라고 합니다. 중간에 혼자 나올 수도 없고 나와 봐야 딱히 뾰족한 수도 없어 그냥 따라다니기로 합니다. 덕분에 라파누이 가정의 모습을 엿볼 수 있었습니다. 사람 사는 것이야 지구촌 어디를 가나 별반 다르지 않습니다.

푸나파우 채석장으로 오르는 갈림길에서 다혜 내외와 헤어집니다. 다혜가 팔다 남은 파인애플 두 개를 배낭에 넣어줍니다. 누런 흙먼지를 날리며 멀어지는 낡은 시보레 트럭을 향해 손을 흔듭니다. 낯선 섬에서 가족이 되어버린 사람들, 가슴 한쪽이 따뜻해져 옵니다.

푸나파우로 오르는 길은 목장 사이로 길게 이어져 있습니다. 동쪽 바다에서는 한 무더기 먹장구름이 비 기둥을 쏟아내리고 있습니다. 유칼립 나무들이 초지의 무료한 풍경 속에서 한 폭의 그림이 됩니다.

한적한 길을 30여 분쯤 오르자 원통 모양의 붉은 화산석 바위들이 눈에 띄었습니다. 자세히 보니 자연석이 아니라 석상의 푸카오(돌모자)

입니다. 작은 분화구 안에도 만들다 버려진 원통 바위들이 뒹굴고 있습니다.

푸나파우 채석장입니다. 원통의 지름은 2~3미터는 족히 되어 보입니다. 돌모자들이 언제부터 석상에 씌워졌는지 알 수 없습니다. 석상과 같이 만들었는지, 이 섬을 방문했던 서양 항해자들의 모자를 보고 흉내내어 석상에 씌웠는지 수수께끼입니다. 아무튼 저 큰 돌덩이들을 어떻게 석상의 머리 위에 얹을 수 있었을까요?

밧줄, 도르레, 기중기, 외계인, 마법……

이 섬에서는 어떤 상상도 자유롭습니다.

아후 비나푸

"태양신 '콘티키 비라코차'가 뗏목을 타고 서쪽 바다로 떠나갔다."

잉카의 인디오 전설에는 이런 이야기가 있습니다. 이 전설에 기초하여, 노르웨이 인류학자 헤이에르달은 이스터섬 원주민이 남미 인디오라는 '콘티키' 이론을 주장했습니다. 그는 이를 증명해 보이겠다며 '콘티키'라 명명한 뗏목을 타고 태평양을 횡단해 보이기까지 했습니다.

잉카의 석조물들은 이음새가 빈틈없기로 유명합니다. 이스터섬에도 그런 석조물이 있다고 해서 찾았습니다.

바로 아후 '비나푸'Ahu Vinapu입니다. 항가로아 마을에서 남쪽으로 5킬로미터 떨어진 바닷가 언덕입니다.

금방이라도 비를 뿌릴 것 같은 하늘 탓인지 영겁의 시간 동안 유적지의 배경이 되어온 바다는 오늘 따라 유난히 쓸쓸해 보입니다. 흙에 파묻힌 채 간신히 상체만 드러낸 석상이 일그러진 얼굴로 여기가 아후 '비나푸'라고 말을 합니다. 아후 주위로는 풀밭에 코를 박고 쓰러

져 있는 석상 몇 개와 석상 머리에 씌워져 있었던 돌모자가 뒹굴고 있습니다.

허물어져 있는 제단은 잉카의 석벽처럼 빈틈이 없습니다. 그 많은 아후 중에서 왜 유독 이 아후만이 잉카의 석벽처럼 만들어졌을까요?

이 부분에 대해서는 고고학자도, 인류학자도 말이 없습니다. 상상력은 한계에 이르고 내가 할 수 있는 것은 기껏해야 땅속에 몸을 묻고 있는 저 모아이의 사진이나 찍을 뿐입니다.

"그들은 눈이 크고 미간이 좀 넓다.
전형적인 마오리족의 얼굴이었다."

2부 | 라파누이라 불리는 사람들

타하이 유적지는 공원 같은 곳입니다. 마을에서 천천히 걸어 10분 정도입니다. 해질녘이면 많은 사람들이 이곳에 나와 모아이 석상 너머로 지는 일몰을 봅니다. 나의 하루 일과를 마무리 짓는 곳이기도 합니다.

오늘은 한 무리의 라파누이들이 악기를 들고 몰려왔습니다. 석상 앞 공터에 불을 피워놓고 춤추며 노래합니다. 새의 날갯짓 같은 라파누이 소녀들의 춤사위, 파도소리와 함께 들려오는 이곳 섬 노래들……. 하늘은 붉게 물들어갑니다.

춤추는 사람들 속에는 낯익은 얼굴의 아가씨가 있습니다. 며칠 전 섬 투어 때 안내를 해준 아가씨입니다. 그녀가 일행들에게 나를 소개합니다.

"요란나 꼬루와(여러분, 안녕하세요)."

나는 그들에게 웃으며 인사를 건넵니다.

"안녕하세요."

그들 중 한 아가씨가 내게 웃으며 말합니다. 난 귀를 의심했습니

다. 그 아가씨가 '요란나' 하고 이곳 인사말을 하는 줄 알았습니다.

"안녕하세요."

아가씨가 다시 말합니다. 분명 한국말입니다. 어리둥절해하는 나를 보며 아가씨는 '꿍따리 샤바라 빠빠빠' 하고 노래를 부릅니다. 클론의 노래입니다. 태평양 한가운데의 절해고도에서 원주민 아가씨 입을 통해 듣는 한국말과 한국노래라니요!

놀랍게도 그녀는 얼마 전 한국을 다녀왔다고 했습니다. 제주도에서 열린 세계 섬 축제에 이스터섬 단원으로 참가한 것입니다.

한국이 참 좋았다며 무척 반가워합니다. 그래서 그런지 그녀의 얼굴은 라파누이보다 우리네 얼굴과 닮아 있었습니다. 고향 까마귀만 보아도 반갑다고 하던가요. 저녁 내내 나의 시선은 그 라파누이 아가씨에게로 쏠리고 있었습니다.

섬 크루즈 계획이 무산되었습니다. 어디도 크루즈를 하려는 관광객이 적기 때문인 것 같습니다. 물론 혼자서라도 배를 빌릴 수 있지만 내가 감당할 수 있는 비용이 아닙니다.

그렇다면 어디를 가볼 것인가. 지도를 펼쳐보지만 딱히 생각나는 곳이 없습니다. 작은 배낭을 메고 무작정 숙소를 나섰습니다. 발길 닿는 대로 섬을 돌아볼 생각입니다. 항가로아 마을은 반경 3킬로미터 남짓입니다. 전날도 무리해서 걸은 터라 발바닥이 아파옵니다. 물집이 생겼나 봅니다.

매일 다니던 길을 두고 다른 길을 택해 걸어갑니다. 교회를 지나고 고무나무가 무성한 병원을 지납니다. 차도, 사람도 잘 다니지 않는 한적한 길입니다. 길은 남서쪽으로 이어져 있습니다. 마타베리 공항 부근이 나왔습니다. '호투 마투아 로드'라는 표지판이 길가에 서 있습니다 이 길을 따라 섬 동쪽으로 가면 라노 라라쿠 분화구 채석장으로 이어질 것입니다. 그곳에 다시 가보고 싶습니다. 채석장까지 18킬로미터, 걸음을 재촉합니다. 혹시 지나는 차라도 있으면 히치를 할

요량입니다.

꽃으로 뒤덮인 아름다운 집 한 채가 발길을 멈추게 만듭니다. 거리도 많은 꽃나무를 심어놓고 사는 집주인은 누구일까요? 집 안으로 들어가 보고픈 충동이 입니다. 내 어릴 적 살던 집도 꽃이 참 많았습니다. 나는 카메라를 꺼내 살금살금 마당으로 들어갑니다. 활짝 피어 있는 열대화들을 정신없이 카메라에 담았습니다.

"요란나."

돌아보니 라파누이 청년이 웃으며 서 있습니다. 물건을 훔치려다 들킨 아이처럼 나는 그 자리에서 꼼짝할 수가 없었습니다. 사실 나는 그 집 풍경을 훔치고 있었던 것입니다.

아름다움에 이끌려 자기도 모르게 무언가를 훔쳐본 적이 있나요?

바닷가 섬 마을에 한 소녀가 살고 있었습니다. 하늘빛 수국이 탐스럽게 피어 있는 울타리 앞에서 소녀는 발길을 멈추었습니다. 봉숭아꽃, 맨드라미, 과꽃. 늘 같은 꽃만 보아온 소녀에게 작은 꽃들이 한데 뭉쳐 큰 브로치처럼 피어 있는 수국은 경이 그 자체였습니다. 소녀는 그 꽃을 집 마당으로 옮겨오고 싶었습니다. 하지만 꽃 주인은 그 누구에게도 꽃을 나눠주지 않는다고 했습니다.

어느 달 밝은 밤, 살금살금 소녀는 그 집 마당으로 숨어들어 갔습니다. 달빛 아래의 수국은 등처럼 그 집 마당을 비추고 있었습니다. 소녀는 나뭇가지 하나를 움켜쥐었습니다. 숨을 멈추고 손에 힘을 줍니다. 마침내 뚝 하고 가지 부러지는 소리가 났습니다. 그 소리가 너무 크게 들려 기절할 뻔했습니다. 몇 년 후에는 소녀의 집 마당에도 수국이 만발할 것입니다.

"요란나, 라노 라라쿠 가려는데 이쪽이 맞습니까?"

나는 머쓱해져서 알고 있는 길을 괜히 물어보았습니다.

"씨이."

청년은 내가 사진을 찍었던 꽃 넝쿨에서 노란색 꽃 한 송이를 꺾어 모자에 꽂아줍니다. 꽃은 목련 같기도 하고 치자꽃 같기도 한 노란색 꽃입니다. 능소화처럼 넝쿨을 타고 올라가면서 피어 있습니다.

집 안에서 청년의 어머니인 듯한 여인이 나옵니다. 여인의 머리에도 노란 꽃이 꽂혀 있습니다. 안으로 들어가 커피 한 잔 하고 가라 합니다.

레이스로 된 커튼을 밀고 집 안으로 들어서자 거실이 있습니다. 갤러리처럼 꾸민 거실입니다.

청년의 이름은 라헤아. 화가라고 했습니다. 라헤아는 라파누이 말로 물고기입니다. 라헤아의 어깨에는 선명한 물고기 문신이 새겨져 있습니다. 그의 그림들도 물고기 그림이 많았습니다. 푸른 바다가 배경인 소녀 그림은 고갱의 그림과 비슷했습니다. 고갱의 그림과 비슷하다고 했더니 라헤아가 아주 좋아합니다.

라헤아의 등과 팔에 새겨진 물고기 문신에 자꾸만 시선이 갑니다. 이곳 사람들은 거의가 다 문신을 합니다. 남자들은 등과 팔다리에, 여자들은 어깨와 배꼽 부근이나 엉덩이 상단에 문신을 새깁니다.

문신의 문양도 다양합니다. 오롱고 성지 바위에 새겨진 문양의 새鳥 문신이 가장 많고 라헤아처럼 물고기 문양도 많이 새깁니다.

완벽한 문신을 갖기 위해서는 여덟 살 때부터 새기기 시작해서 성인이 될 때까지 몇 번을 반복해야 한다고 합니다. 그래서인지 이곳

어린이들의 등과 팔다리에는 갓 새기기 시작한 흐릿한 문신이 많이 있습니다.

옛날에는 문신의 크기와 아름다움과 비례해 그 사람의 신분과 재산을 파악했다고 하니 이곳 사람들이 얼마나 열심히 문신을 새겼는지 짐작이 갑니다. 문신을 새기는 도구는 뼈로 만든 갈퀴 같은 것입니다.

양해를 구한 후 라헤아의 문신을 카메라에 담았습니다. 아! 아름다운 라파누이여.

라노 라라쿠에 가려 한다고 하자 라헤아의 어머니는 빵과 시원한 물 한 병을 챙겨줍니다. 라노 라라쿠엔 점심 사먹을 곳이 없다고 합니다. 라파누이들의 인정에 척박한 섬이 풍요로워지고 있습니다.

스모키의 「Living next door to alice」를 듣습니다.

We grew up together, two kids in the park
Carved our initials deep in the bark, me and Alice
우린 함께 자랐지
공원의 나무에 이름 첫 글자를 깊이 새겼었지
나와 앨리스의 이름을

이 음악을 좋아하는 로시타가 그립습니다.

우린 함께 이 음악을 들으며
수박과 멜론을 팔곤 했었지
항가로아 마을을 돌면서

로시타는 삼십대 초반의 라파누이 아줌마입니다. 그녀의 빨간색

포드 트럭에서는 항상 스모키의 음악이 흘러나옵니다.

해질녘이면 과일을 실은 그녀의 빨간 트럭을 볼 수 있습니다. 그녀는 섬 마을을 한 바퀴 돌면서 과일을 팝니다. 장사할 때 입는 그녀의 앞치마는 유난히 예쁩니다.

그녀가 파는 과일은 수박과 멜론, 바나나, 그리고 파인애플입니다. 섬에는 과일가게도 있고, 시장에는 로시타처럼 과일 트럭으로 행상을 하는 사람도 많습니다. 그런데 이상하게도 로시타의 과일이 가장 많이 팔립니다. 짐작컨대 그 힘은 그녀의 싱싱한 미소입니다. 로시타의 미소 한 번이면 섬사람들은 마치 최면이라도 걸린 듯 아무 말 없이 과일을 사갑니다.

어느 날 그녀가 내 이름을 물어보길래 그냥 기억하기 쉽게 '리'라고 가르쳐주었습니다. 그 뒤로 그녀는 차를 몰고 가다가 나를 보면 꼭 '리' 하고 아는 체를 합니다. 그녀의 싱싱한 미소에 반해 어느새 그녀의 팬이 되어 있는 나를 발견합니다.

이제는 새로울 것도 없는 따분한 섬 생활에 나는 그저 카메라를 메고 거리를 어슬렁거리고 있었습니다. 로시타가 과일 트럭을 몰고 지

나다 '리' 하고 부릅니다. 자연스레 그녀의 트럭에 타게 되고, 오늘도 나는 로시타의 과일장사 보조가 됩니다

오롱고 호텔 입구에 트럭을 세우자 이내 사람들이 모여들기 시작합니다. 그녀는 과일들을 저울에 달고 나는 봉지에 넣어 사람들에게 건네줍니다. 트럭에서는 노래가 흘러나오고 우리는 자매가수처럼 박자를 맞춰가며 노래를 부릅니다.

"Sally called when she got the word."

이제 이곳 사람들도 로시타와 내가 함께 나타나는 것을 당연하게 여깁니다. 차에 실렸던 수박과 바나나가 많이 줄어들었습니다. 남은 과일들은 우체국에도 넣어주고 친척들에게도 나눠줍니다.

로시타가 나를 자기 집으로 초대합니다. 로시타의 집은 타하이 석상 근처 숲 속에 자리하고 있었습니다. 잘 자란 엘더베리 나무와 고무나무가 방풍림을 이루어 해풍을 막아주고 있습니다.

넓은 정원에서는 온갖 열대화들과 과일나무들이 무성히 자라고 있습니다. 이 척박한 섬에 이런 풍요의 땅이 숨어 있다니 그저 놀라울 뿐입니다.

망고는 익어가고 레몬나무 아래에서는 미처 따지 못한 샛노란 레몬들이 뒹굴고 있습니다. 로시타의 과일이 재배되는 곳이 여기냐고 물으니 농장은 다른 곳에 있다고 합니다.

벽난로가 있는 거실이 딸린 아주 근사한 집입니다. 더운 지방에 웬 벽난로인가 싶어 로시타에게 물어봅니다. 이스터섬에는 겨울이 없지만 여름이 지나고 가을이 오면 비바람이 부는 궂은 날씨가 계속된다고 합니다. 벽난로는 그때 필요하다고 합니다.

그녀의 두 딸은 식탁에서 저녁을 먹고 있습니다. 남편은 농장에서 아직 돌아오지 않았다고 합니다. 저녁 메뉴는 스파게티와 시리얼입니다. 신세대들의 입맛이 다국적인 것은 여기도 마찬가지인 모양입니다. 로시타가 멜론주스를 만들어 내옵니다.

거실에 앉아 우리는 말없이 황혼으로 물들어가는 바다를 바라봅니다. 그녀는 나와 대화하기를 원합니다. 나 또한 소통을 바라지만 언어의 장벽이 문제입니다. 그러나 지금은 서로가 말이 없어도 되는 시간입니다.

해는 바다 속으로 지고 우리는 저마다의 상념 속으로 빠져들고 있습니다.

로시타가 따준 열대 과일을 들고 숙소로 돌아옵니다. 그녀는 건강하고 싱싱한 삶을 살고 있습니다.

잠자리에 누운 내 코끝에 싱그러운 향기가 스밉니다. 향기의 진원지는 어디인가? 머리맡에 놓인 열대 과일을 봅니다. 로시타의 과일입니다. 그녀를 떠올리자 코끝에 머물던 향기가 방 안 전체로 번져갑니다.

그 향기는 한 라파누이 여자의 삶이 뿜어내는 향기였습니다.

열대 과일 향기에 취해, 한 여자의 향기에 취해 잠이 듭니다. '노아 노아.'

'노아 노아'는 이곳 말로 향기롭다는 뜻입니다.

섬에 머무는 시간이 길어지자 자연히 숙소에 머무는 시간이 늘어만 갑니다. 마당에 있는 망고 열매가 굵어져 가는 것을 바라본다든가, 하루에도 몇 번씩 쏟아지는 스콜이 바나나 잎사귀를 어떻게 유린하는지, 그것도 심심하면 옆집 울타리 너머에서 흘러나오는 음악의 선율에 나도 모르게 귀를 기울이게 됩니다.

들려오는 음악은 여러 장르입니다. 어느 날은 모차르트의 심포니가 들리는가 하면 라파누이섬의 노래가 흘러나오고, 트레이시 채프먼의 음악이 흘러나오는가 하면 비틀즈의 음악이 들리기도 합니다.

새벽녘까지 음악을 트는 바람에 파도소리 자장가를 못 들어 가끔씩은 화가 나기도 하지만 참을 만합니다. 정작 옆집 음악소리를 못 견디는 쪽은 세실리아입니다. 그녀는 찾아가 사정도 해보고 담 너머로 주의를 주기도 합니다만 이내 음악은 다시 흘러나옵니다. 세실리아는 나에게 미안해하며 다른 방이 비면 옮겨주겠다고 합니다.

나는 차츰 저 음악을 듣는 사람이 누구인지 궁금해지기 시작했습니다. 하지만 내 방과 음악이 들려오는 집 사이에는 밀림의 나무들이 빼곡이 담을 이루고 있고 빛 바랜 함석으로 담까지 만들어져 있습니다. 담 너머 상황은 소리로만 인지할 뿐입니다, 덕분에 이곳 노래들은 귀에 익어 따라 부르기까지 합니다.

어제는 밤늦게까지 영화 「부에나 비스타 소셜 클럽」의 음악만 반복해서 흘러나왔습니다. 아마도 OST 음반을 구입한 게 아닐까, 싶습니다. 「에 쿠아토 데 툴라」가 흘러나옵니다. 카리브 해의 흥겨운 리듬입니다.

툴라의 방에 불이 났어요
소방관을 불러야 해요

영화 속 쿠바 할아버지들의 열창이 눈에 선합니다.

오늘은 숙소 주인 남자가 옆집 울타리 나무들을 잘라내고 있습니다. 나무들이 너무 자라 가지치기를 하는 모양입니다. 나무들이 잘려 나가고 녹슨 함석 울타리도 걷어졌습니다. 그러자 옆집의 윤곽이 드러나기 시작합니다. 원두막처럼 지어진 별채에서 한 청년이 모습을 드러

냈습니다. 핏기 없는 얼굴에 눈이 유난히 큰 라파누이 청년입니다.

"요란나."

눈이 마주치자 청년이 먼저 인사를 합니다. 청년은 외다리로 목발을 짚고 서 있었습니다. 목발에 가 있던 눈을 황급히 거두며 나도 '요란나' 하고 인사를 합니다.

밤늦은 시간에 음악을 크게 틀어 언짢아했던 마음들이 청년의 선한 눈빛을 보자 봄눈 녹듯 사라지고 있습니다. 언제 나의 DJ 청년과 세르베사 한 잔 하며 음악 이야기라도 해볼까 합니다.

타파티 페스티벌—축제1

타파티Tapati 페스티벌은 섬 최대의 민속 축제입니다, 1968년부터 매년 2월에 2주일간 행해지고 있습니다.

축제가 시작되기 며칠 전부터 섬은 술렁거리고 있습니다. 지리적으로 고립된 섬 생활에서 사람들이 축제에 거는 기대는 대단해 보입니다. 브라질 사람들은 일주일 동안의 리오 카니발을 위해 일 년을 열심히 일한다고 합니다. 이곳 사람들도 그에 못지않은 것 같습니다. 바다에서는 카누 경주 연습이 한창이고 섬 마을 어디를 가더라도 춤과 음악을 만날 수가 있습니다.

2월 9일, 2002년 라파누이 타파티 페스티벌의 시작입니다.

'항가 바레바레'라는 바닷가 공터에 갈대와 야자나무 줄기로 만든 움막집이 만들어집니다. 배를 거꾸로 엎어둔 듯한 모양입니다. 라파누이 전통 가옥이라고 합니다. 대부분의 축제가 이곳에서 열립니다.

라페루스 탐험대가 섬을 찾았을 때 움막집 중 큰 것은 90미터나 되는 것도 있었다고 합니다. 옛날 이곳 사람들은 큰 집을 짓고 공동 생활을 했다고 합니다.

무대 조명이 설치되고 새 그림이 그려진 대형 라파누이 깃발과 대형 칠레 깃발이 함께 걸립니다. 바닷가 공터에는 음식이 준비되어 있습니다. 축제 시작 전에 섬 원로들을 초대해 음식을 대접한다고 합니다.

섬의 행정수반인 듯한 사람이 꽃 목걸이를 하고 나타났습니다. 그의 간단한 인사말이 있고 이어 잔치가 시작됩니다. 꼬치구이와 생선구이에서 음료수와 과일까지 온갖 먹거리가 푸짐합니다. 언제 나를 봤는지 옆집 할아버지가 나를 불러 꼬치구이를 손에 쥐어주십니다. 온 동네 개들까지 다 모여든 성대한 잔치입니다.

저녁 9시 30분에 시작된다던 개막공연이 자꾸 늦어지고 있습니다. 해는 지고 밤하늘에 별이 총총합니다.

드디어 축제의 막이 올랐습니다.

"요란나 꼬루와(여러분, 안녕하세요)."

행정수반의 인사말이 있습니다. 사회자는 라파누이 언어와 서반아어로 행사를 진행합니다. 관광객을 위해서인지 중간중간 영어로도

진행을 합니다.

첫 공연은 라파누이 민속극입니다. 조명이 꺼지고 무대 여기저기에 설치된 장작들이 타오르기 시작합니다. 온몸에 타코나 칠을 한 사내들이 무대 위로 몸을 굴리며 등장합니다. 원시의 춤이 시작됩니다. 이들의 몸짓 하나하나가 섬의 전설입니다. 축제는 그렇게 마케 마케 신화의 시간으로 사람들을 인도합니다.

마을 운동장에서 민속품 제작 시합이 한창입니다. 먼저 조개껍질로 장신구 만들기 시합이 벌어졌습니다. 이 일은 여자들의 몫입니다. 라파누이 퀸도 시합에 참가했습니다. 그녀의 손놀림은 아주 빠르고 능숙합니다. 라파누이 퀸이 되려면 미모뿐만이 아니라 민속품 만들기에도 뛰어난 솜씨를 발휘해야 하는 것 같습니다.

이번에는 조각 시합입니다. 화산석으로 모아이 석상을 조각하고 나무로는 '카바 카바'라는 인물상과 새 문양들을 조각합니다.

라파누이들에게 조각은 남다를 수밖에 없습니다. 부지런히 조각을 하고 있는 라파누이들, 과연 저들이 모아이 석상을 제작한 이들의 후예일까요? 그럴 수도 아닐 수도 있습니다. 하지만 저들이 섬을 떠나지 않는 한 석상은 바로 라파누이의 숙명입니다.

한쪽에서는 '마후테'라 불리는, 물에 불린 나무 껍질을 방망이로 펴고 있습니다. 이렇게 만들어진 천을 '타파'라고 합니다. 라파누이들은 이 천으로 옷을 지어 입었다고 합니다. 그러나 타파 만들기가 워낙 어려워 대다수는 그냥 풀로 중요 부위만 가리고 살았다고 합니다.

시합들이 진행되는 동안 한쪽에서는 쿠란토 요리가 만들어집니다. 쿠란토는 대표적인 라파누이 요리입니다. 평소에는 잘 안 만들지만 명절이나 잔치가 있으면 빠지지 않는다고 합니다.

쿠란토의 재료는 돼지고기, 랑고스타(새우류), 옥수수, 타로, 고구마, 감자 등입니다. 그리고 '포에'가 들어갑니다. 포에는 옥수수를 거칠게 갈아 달게 반죽한 후, 바나나 잎에 싸서 찐 것으로 이곳 사람들이 즐겨 먹는 음식입니다. 특히 숙소 주인인 세실리아가 만든 '포에'는 참 맛있습니다.

재료를 준비한 후 구덩이를 파고 장작을 피웁니다. 장작 위에는 작은 돌들을 얹어 달구어지도록 둡니다. 돌이 달구어지면 바나나 잎을 깔고 재료를 놓고 다시 뜨거운 돌을 얹고 바나나 잎을 덮고…… 그렇게 반복해서 재료를 얹은 후 마지막 바나나 잎을 덮은 후 흙으로 덮어 몇 시간을 두면 쿠란토 요리가 완성됩니다.

이 요리법은 숙소 주인 세실리아가 나에게 그림까지 그려가면서 알려준 것입니다.

그러나 이곳 운동장에서 만들어지는 쿠란토는 무늬만 쿠란토입니다. 대형 철판에 재료를 얹고 바나나 줄기를 한꺼번에 덮어 뜨거운 돌로 익혀냈습니다.

잘 익은 고구마 하나 얻어와 축제 운동장 한 귀퉁이에서 맛있게 먹습니다.

라파누이 퀸이 전통 의상을 입고 나오는 패션쇼 형식의 공연이 펼쳐집니다. 전통 의상이라고 해봐야 가슴과 아랫부분을 가리는 정도입니다. 하지만 퀸이 입고 나온 옷들은 생각보다 훨씬 화려합니다. 옷의 재료는 조개껍질, 타파, 풀, 깃털 등입니다. 그 중에서도 깃털이 가장 많이 쓰입니다.

라파누이 퀸은 옷 만드는 방법과 재료에 대해 설명합니다. 설명 중간중간에 나이 든 마을 부인들이 라파누이 퀸에게 질문을 하고 답을 합니다. 나는 옷도 옷이지만 퀸의 머리장식이 정말 화려하고 아름다워 자꾸 시선이 쏠립니다.

이곳 섬 여자들은 긴 스카프 하나면 옷 걱정이 없습니다. 가슴에 걸치면 원피스가 되고 허리에 두르면 스커트가 됩니다. 많은 여자들이 이 패션으로 거리를 활보합니다.

'우파우파'라는 폴리네시안 전통 음악과 춤이 패션쇼 중간중간 벌어져 흥을 북돋웁니다. 춤추는 여자들의 허리놀림에 무대가 빙글빙글 돌아갑니다.

이곳 여자들은 어릴 적부터 춤을 배웁니다. 마을에는 민속춤 개인 교습소까지 있다고 합니다. 춤을 잘 춰 예술단원으로 뽑히면 뭍으로 공연을 나가는 행운을 얻기도 합니다.

춤과 음악이 한창일 때 하늘이 갑자기 심술을 부려 장대비를 쏟아 붓습니다. 사람들은 뿔뿔이 흩어지고 공연은 막을 내립니다. 섬은 어둠 속에 묻혀갑니다.

축제는 날씨에 따라 열렸다 안 열렸다 합니다. 내가 이곳에 온 이후 2주 정도는 날씨가 아주 맑았습니다. 축제가 시작되고 나서 며칠 후부터는 하루에도 몇 번씩 소나기가 쏟아집니다. 덕분에 아침저녁으로 심심찮게 무지개를 볼 수 있었습니다. 바다 위로 솟은 무지개는 섬에서만 볼 수 있는 장관입니다.

오늘 저녁에는 축제 공연이 열릴 수 있을까, 하늘을 봅니다. 하늘이 맑게 개어 있긴 합니다만 언제 구름이 몰려올지는 아무도 장담할 수 없습니다. 벌써 이틀째 공연이 무산되었습니다.

세실리아가 오늘은 공연이 있을 거라 합니다. 저녁을 먹고 공연장으로 향합니다.

어릴 적 어머니를 조르고 졸라 겨우 마을에 들어온 유랑극단의 공연을 보러가던 날, '비라도 내리면 어쩌지' 하고 걱정하던 그런 기분입니다.

내가 도착했을 때에는 이미 공연이 시작되어 있었습니다. 젊은 라파누이 청년들이 기타를 치면서 이곳 섬 노래를 부릅니다. 옆집 DJ

청년이 하도 많이 틀어줘서 익숙한 선율입니다.

다음은 한 노인이 아코디언을 들고 무대로 나옵니다. 애긴한 아코디언 전주에 이어 노인의 노래가 시작됩니다. 앞서 나왔던 청년들에 비해 성량이 많이 떨어지고 박자도 불안정합니다. 끊어질 듯 이어지는 노인의 노래를 듣고 있자니 강원도 어느 촌부가 부르는 정선아리랑이 생각나는 밤입니다. 이런 노래는 술잔이라도 기울이며 들어야 제격일 것 같습니다.

분위기가 너무 가라앉은 것 같다 했더니 이번에는 무대 위로 여자들이 몰려나옵니다. 어린 소녀들이 나오고 아가씨들이 나오고 마지막으로 아주머니들이 나옵니다. 모두 폴리네시안 민속 복장을 하고 있습니다.

군무가 시작됩니다. 앞줄을 세어보니 열여섯 명, 줄이 다섯이니 한꺼번에 여든 명의 여자들이 춤을 추는 것입니다. 어여쁜 여자, 못난 여자, 늙은 여자, 젊은 여자, 뚱뚱한 여자, 날씬한 여자, 그런 것 싹 무시하고 춤을 춥니다.

자세히 보니 대부분이 아는 얼굴입니다. 슈퍼마켓 아줌마, 어부의 아내, 기념품 가게 여자…….

며칠 전 마을회관 앞을 지나다 음악소리가 들려 들여다본 적이 있었습니다. 야자나무 이파리로 지어진 창고 같은 곳에서 마을 여자들이 빼곡이 들어서서 춤 연습을 하고 있었습니다. 온몸은 땀 범벅이 되었지만 모두의 얼굴에는 행복이라고 쓰여 있었습니다.

사람들은 열광하고 라파누이 여자들의 춤은 그야말로 무아지경에 이릅니다. 춤추는 여자가 아름답습니다.

오늘 축제는 '카이 카이'라는 줄뜨기 경연대회입니다. 줄 양쪽을 묶은 후 손가락 사이로 이리저리 빼면서 그물 문양을 만들어가는 놀이입니다. 맨 처음에는 아이들이 나옵니다. '요란나 꼬루와.'

말문도 채 트이지 않은 아이들이 고사리 손으로 문양을 만들어냅니다. 한 꼬마는 잘 되지 않는지 줄을 팽개치고 울음을 터뜨립니다. 사람들이 아이들의 재롱에 즐거워합니다.

지금 저들이 하고 있는 줄뜨기, 아니 우리는 실뜨기라 불렀습니다.

섬 마을 바닷가에서 친구 연화가 실을 걸은 양손을 내밉니다. 나는 위로 아래로 손을 걸어 문양을 만들어갑니다. 다이아몬드 모양이 만들어집니다. 이번에는 연화 차례입니다. 연화는 장구 모양 만들기를 좋아합니다. 하지만 나는 늘 장구 모양 다음에서 실패합니다. 그때는 연화가 참 얄미웠습니다.

나는 며칠 전 선착장에 있는 석상 아래에서 두 여자가 줄뜨기를 하

는 걸 보고 깜짝 놀랐습니다. 그녀들 틈에 껴서 나도 줄을 뜹니다. 내가 문양을 만들어 보이자 여자들이 놀라워하는 눈치입니다.

이 섬에서 석상을 보고 처음 떠올린 것이 제주도 돌하루방입니다. 우연일까요? 돌하루방, 실뜨기, 아니면 혹시 먼 옛날 문화가 교류했던 시간이 있었던 것은 아닐까요?

나는 고개를 저었습니다. 아닙니다. 실뜨기는 무료한 섬 생활을 견디기 위해 누군가가 만들어낸 놀이에 불과할 것입니다. 섬에서의 무료한 시간들은 겪어본 사람만이 알 것입니다.

아이들 다음으로 어른들의 실뜨기가 이어집니다. 라파누이 아낙이 실뜨기를 하면서 라파누이 전설을 노래합니다. 신비의 섬을 이야기합니다.

"모투누이, 모투이티, 모투카오카오."

문양이 바뀔 때마다 이야기는 계속되고 있습니다. 실뜨기하는 저 라파누이 아낙이 세헤라자데 같다는 생각을 해봅니다. 실뜨기는 계속되고 천일야화는 끊일 줄 모릅니다. 어둠 속에 서 있는 모아이 석상도 이야기에 귀기울이는 신비한 밤입니다.

가장행렬—축제6

호투 마투아 거리에서 가장행렬이 시작됩니다.

온몸에 '타코나'라 불리는 칠을 한 벌거숭이 군중들이 거리로 몰려나옵니다. 라파누이들 핏속을 흐르는 원시의 광기가 거추장스런 문명의 옷을 벗어 던지게 합니다. 옷을 입은 나는 벌거숭이 군중들로부터 이방인이 되어 뒷걸음질을 쳐야만 했습니다. 몇몇 사람들은 타코나 통을 들고 다니면서 사람들에게 즉석에서 칠을 해주고 있습니다.

이들의 얼굴과 몸에는 온갖 문양이 그려져 있습니다. 섬의 상징인 새 문양이 역시 가장 많고 다른 문양도 더러 보입니다. 몸에 칠한 색깔도 가지각색입니다. 남자들은 대부분 갈색 칠을 하고 여자들은 흰색 칠을 많이 합니다.

한 사내는 전라全裸로 거리를 활보하고 있습니다. 너무 밋밋하다고 여겨졌는지 머리에는 화관을 쓰고 허리에는 바나나 줄기로 땋은 줄을 둘렀습니다. 그래도 부족했는지 사내의 중요한 부분에는 조롱박까지 매달려 있어 사람들의 시선을 모으고 있습니다.

한 무리의 여자들은 해안에서 가져온 돌멩이를 딱딱 두드리며 괴

성을 지르는데 금방이라도 돌멩이가 날아올 것만 같은 불안감이 듭니다.

섬에 온 이후로 가장 많은 사람들을 본 것 같습니다. 3천여 명의 섬 주민들 중 아마도 거동이 불편한 사람을 제외하고, 모든 사람들이 나온 것 같습니다.

모아이 석상의 모형이 트럭에 실려나옵니다. 배 한 척도 실려나옵니다. 배 위에 탄 한 사내는 소라고동을 불며 축제를 알리고 있습니다. 거리 곳곳에는 새 문양이 그려진 라파누이 깃발이 나부끼고 있어 마치 새들이 날아다니는 듯한 착각이 입니다.

벌거숭이 군중들은 얼핏 보면 누가 누구인지 구분이 되지 않습니다. 그러나 자세히 보면 아는 사람이 태반입니다. 배 위에서 깃발을 흔들고 있는 사내는 얼마 전 교회에서 결혼을 한 새신랑입니다. 라노 라라쿠 채석장까지 태워준 택시 기사 아저씨는 나를 알아보고 손을 흔듭니다. 숙소 옆집에 사는 할아버지는 닭털로 만든 옷을 입고 나와 나더러 사진을 찍어달라 합니다. 나는 숨은 그림찾기라도 하듯이 군중들 속에서 아는 얼굴들을 찾아냅니다.

이 혼돈의 가장행렬은 항가로아 선착장 옆 운동장까지 이어집니
다. 광란의 군중들이 내지른 함성에 항가로아 만에 서 있는 모아이
석상도 나처럼 얼떨떨한 표정입니다. 이곳까지 무리를 지어왔던 군
중들의 행렬은 운동장 한가운데에 세워진 무대 주변으로 모여들고
있습니다.

무대 위에서 연주되는 라파누이섬 노래가 파도소리를 지워가고 있
습니다.

"에토르 앙이야, 모투누이, 모투이티, 모투카오카오."

'카오카오' 하고 노래할 때면 정말 이 사람들이 새가 아닐까, 그런
생각이 듭니다. 특히 라파누이 말 중간에 '카카카'가 자주 나오는데
아무래도 조사인 듯합니다. 그래서 그들의 일상 대화를 듣다보면 '카
카카' 소리가 계속 나옵니다. 그럴 때마다 나는 새들이 사는 이상한
나라에 와 있는 듯한 착각에 빠지곤 합니다.

축제는 이어지고 나는 카메라를 든 채 사람들 속으로 빠져듭니다.
축제의 광기를 통해 라파누이들 삶 속으로 한 걸음 다가선 느낌입니다.

한 무리의 아이들이 폴리네시안 민속춤을 춥니다. 이 축제를 위해

이곳에서 가장 가까운 섬(가깝다고는 하지만 4천2백 킬로미터ㅣ 떨어서
있습니다) 타히티에서 잔소 출연한 아이들이라고 합니다. 축제는 점
점 절정에 이릅니다.

한 라파누이 여자가 내게 깃털 모자를 씌워주며 함께 춤추기를 권
합니다. 함께 어울려 노래하고 춤추다 보니 나도 어느새 라파누이가
되어갑니다.

혼돈의 하루가 끝나고 이상한 새鳥 나라에 어둠이 내려앉았습니
다. 조인鳥人들도, 제비갈매기도 잠들고 파도소리만이 높아만 갑니
다. 모아이 석상들만이 어둠 속에서 그들의 비밀을 간직한 채 묵묵히
섬을 지키고 있었습니다.

라파누이 철인경기 — 축제7

라노 라라쿠 분화구 호수에서 경기가 있습니다. 라파누이식 철인 경기라고 합니다. 타파티 페스티벌 중에 벌어지는 행사입니다. 섬의 차량들이 거의 다 동원되어 이곳으로 사람들을 실어나릅니다. 한산 하기만 하던 해안도로에 차량의 행렬이 줄을 잇고 있습니다. 마치 우리의 여름 휴가철 바닷가를 연상시킵니다.

경기는 오후 6시부터 시작입니다. 호수 주위에 깃발이 꽂아지고 호수 기슭의 모아이 석상에도 깃발이 장식됩니다. 미리 온 아이들이 수영을 즐기고 있습니다. 경기에 참가할 라파누이 전사들이 갈대로 만든 배를 어깨에 메고 호수 주변으로 모여듭니다. 나와 함께 산에 올랐던 다혜네 친척 동생도 경기에 참가했습니다.

호수 한쪽에서는 바나나를 저울에 달아 묶는 일이 한창입니다. 이 바나나 뭉치들을 멍에 같은 것의 양쪽 끝에 매달아둡니다.

라파누이 퀸이 나타나 전사들을 격려합니다. 이 경기에서 우승한 사람은 라파누이 퀸의 포옹을 받을 수 있습니다.

경기가 시작됩니다. 호수를 가로질러 갈대 배를 저어옵니다. 가족

들의 응원이 대단합니다. 먼저 도착한 이들은 바나나 멍에를 목에 걸
고 호수 주위를 한 바퀴 돕니다. 산기슭에서는 모아이 석상이 반환점
에 서서 전사들을 격려합니다. 호수를 한 바퀴 돈 전사들은 이번에는
골풀로 만들어진 풀뭉치를 안고 호수를 건넙니다.

초창기에 이 섬을 찾아왔던 서양인들의 증언에 의하면 원주민들은
저 골풀 뭉치를 타고 서양인들의 배를 향해 헤엄쳐왔다고 합니다. 골
풀 뭉치에 의지해 바다를 누비던 라파누이들, 하지만 그 후예들은 지
금 항가로아 만에서 서핑보드로 파도타기를 합니다.

경기의 마지막은 수영으로 호수를 건너는 것입니다. 이때쯤이면 선
두와 후미의 격차가 많이 벌어집니다. 내가 응원했던 다혜의 친척 청
년은 아직 호수 주변도 돌지 못했는데 선두주자들은 벌써 호수 중간쯤
헤엄쳐오고 있습니다. 상투처럼 머리를 묶은 전사가 온몸이 얼룩무늬
인 전사를 앞지릅니다. 사람들이 열광합니다. 라파누이 퀸이 서서히
호숫가로 다가갑니다. 호수에서 막 나온 전사가 라파누이 퀸의 포옹을
받습니다. 올해의 라파누이 전사가 탄생하는 순간입니다.

동쪽 하늘의 무지개가 축하 메시지를 띄우고 있습니다.

축제의 마지막 공연입니다. 공연은 타하이 석상 앞에서 벌어집니다. 무대는 딱히 없습니다. 석상 앞 풀밭이 무대가 될 것 같습니다. 무대의 배경은 어둠이 내려앉기 시작하는 짙은 코발트빛 바다, 그리고 태양의 흔적이 채 가시지 않은 하늘입니다.

석상 주변에 장작들이 쌓여 있는 걸 보니 아마도 불을 피우고 공연을 할 것 같습니다. 횃불을 든 사내들이 성화 점화자마냥 일제히 장작에 불을 붙입니다. 마지막 축제는 그렇게 시작되었습니다.

대부분의 사람들이 축제의 마지막 밤을 위해 이곳으로 모여들고 있습니다.

공연 내용은 호투 마투아 왕 일대기입니다. 하늘에는 커다란 달이 뜨고 파도는 숨죽이듯 잔잔해서 라파누이 신화, 그 오래된 이야기를 듣기에는 안성맞춤인 밤입니다.

호투 마투아 왕은 섬의 건국 신화에 등장하는 왕입니다. 그는 고향 '히바'에서 해가 뜨는 쪽으로 항해를 하다 이 섬에 당도해 새 왕국을 세웠다고 합니다. '호투 마투아'는 '위대한 부모'라는 뜻입니다.

배 한 척을 만들어 석상 앞에 놓고, 그곳에 라파누이 깃발이 꽂혀 있습니다. 축제의 상징인 닭이 그려진 깃발입니다. 아마도 호투 마투아 왕이 그의 가족들과 짐승들을 태우고 온 배를 재현한 것 같습니다.

호투 마투아 왕이 가족들을 데리고 등장합니다. 왕은 '타파'로 만든 망토를 걸치고 '우아'라는 긴 막대를 들고 있습니다. 왕비 역은 라파누이 퀸이 맡았습니다.

이글거리는 횃불 아래서 라파누이들의 춤과 노래가 시작됩니다. 전설로만 존재하던 신화들이 오늘 밤 라파누이들 몸짓 하나하나로 되살아나고 있습니다.

섬의 수호신이었던 '마케 마케'도, 섬의 정령들인 '아쿠아쿠'들도 축제의 밤에 초대됩니다.

밀려나 있던 원시의 시간들이 축제를 빌어 이렇게 한자리에 모였습니다. 아후에 서 있는 모아이 석상들도 오랜만에 환하게 웃었습니다.

막연히 꿈꾸어왔던 이스터섬의 신비, 나는 축제의 마지막 밤에 어렴풋하게나마 그걸 느낄 수 있었습니다.

장이족

섬에 와 있는 동안 별일 없으면 나는 늘 새벽 바닷가에 나갔습니다. 타하이 석상 아후에 앉아 새벽 바다를 본다든가, 선착장으로 나 있는 해안도로를 따라 마을을 한 바퀴 돌면서 아는 얼굴들이라도 만나 '요란나' 하고 인사라도 하면 내가 마치 오래 전부터 이 섬에 살았다는 착각이 들곤 합니다. 아마도 그건 내가 섬에서 태어나 자랐기 때문일 것입니다. 작은 섬에 오래 있다 보니 지나다 만나는 사람도 그 사람이 그 사람이고, 짐승들도 낯이 많이 익어 지나는 개들도 꼬리를 치며 따라오곤 합니다.

오늘 새벽에도 나는 해안도로를 따라 걸었습니다. 바다가 깨어나기 시작합니다. 아침 하늘이 반사되는 바다는 거대한 명경明鏡같습니다.

아까부터 개 한 마리가 계속 나를 따라오고 있습니다. 어제 오후, 묘지에서 개들에게 왕따당하고 있는 것을 구해주었더니 계속 나만 따라다닙니다. 녀석, 그래도 의리는 있습니다.

집에 두고 온 개 재키가 보고 싶습니다. 아마도 그 녀석은 지금도 저녁이면 대문에서 오지 않을 주인을 기다리고 있을 것입니다.

　　내 눈치만 보면서 뒤를 졸졸 따르던 녀석의 머리를 한 번 쓰다듬어 줬더니 이제 아예 앞장서서 밀어삽니다. 이 녀석 귀가 얼마나 큰지 걸을 때마다 귀가 흔들려 얼굴을 가립니다. 오른쪽 귀는 찢어져 핏자국이 남아 있습니다.

　　개들은 대부분 잡종 셰퍼드인데 하나같이 귀가 큽니다. 아마도 장이족長耳族의 후예인가 봅니다. 이곳에서 큰 귀를 가진 것은 모아이 석상과 저 개들뿐입니다.

　　이스터섬을 '긴 귀를 가진 사람들의 땅'이라고도 합니다. 서양 항해자들의 증언에 따르면 이곳 사람들은 귀를 길게 늘어뜨리고 구멍을 뚫어 장신구를 걸었다고 합니다. 인류학자들은 이 섬에 두 인종이 살고 있었다고 주장합니다. 먼저 도착한 장이족이 석상과 롱고롱고 문자를 만들었고 단이족短耳族은 그후에 도착했다고 합니다. 호투 마투아 왕은 단이족의 족장이라고 합니다.

　　학설만 무성할 뿐 아직까지 확실히 밝혀진 것은 없습니다.

　　장이족의 땅에서 귀가 긴 사람들은 이미 오래 전에 사라졌고 대신 장이견長耳犬 한 마리가 내 뒤를 졸졸 따라다닙니다.

라파누이 결혼식

오늘따라 세실리아의 옷차림이 화려합니다. 꽃무늬 롱 드레스에 망사로 된 숄까지 둘렀습니다. 정원에서 꽃을 따 머리에 꽂는 중년의 그녀에게서 소녀의 흔적을 발견하게 됩니다.

"굿모닝, 세뇨리~이~타."

그녀는 세뇨리타를 발음할 때 '리타' 부분을 '리~이~타' 하고 늘이는 버릇이 있습니다.

"세뇨리~이~타, 오늘 친척 결혼식이 있는데 함께 가지 않을래요?"

결혼식이라면, 모아이 석상 앞에서 행해질지도 모른다는 생각이 들었습니다.

"결혼식은 어디에서 해요?"

"교회에서 해요."

장소가 모아이 석상 앞이 아니라서 약간 실망했지만 따라가기로 합니다.

세실리아와 나는 그녀의 남편이 모는 차를 타고 친척의 집으로 향했습니다. 집은 바닷가에 있는 허름한 조립식 건물입니다. 라파누이

청년이 달려나와 세실리아 내외를 맞습니다. 청년은 석상 문양이 그려진 남방을 입고 머리에는 화관을 썼습니다. 오늘의 신랑인 것 같습니다. 나이가 꽤 들어 보입니다. 그는 부모가 없어 세실리아 내외가 부모 노릇을 해줍니다. 나는 본의 아니게 새신랑과 나란히 차를 타고 교회로 향합니다.

교회는 마을 한가운데에 있습니다. 사람들이 결혼식에 참석하기 위해 하나둘 모여들고 있습니다. 아직 새색시의 모습은 보이지 않고 신부님이 새신랑과 악수를 합니다. 신부님이 입고 있는 성의 자락에는 라파누이 상형문자인 '롱고롱고'가 새겨져 있습니다. 이곳 교회는 라파누이들의 생활 깊숙이에 자리하고 있습니다. 교회 옆에는 이 섬을 찾았던 선교사들의 무덤이 있습니다.

이스터섬에 처음 들어온 선교사는 외젠 에로 수사입니다. 1864년 1월 2일, 이곳에 온 에로 수사는 9개월간 머물다 섬을 떠납니다. 그로부터 17개월 후인 1866년 3월 27일에 다시 섬을 찾아와 이곳에 정착하게 됩니다. 그후 많은 선교사들이 이 섬으로 왔고 함께 많은 짐승들이 들어오게 되었습니다.

말馬이 처음 섬에 왔을 때 벌어진 재미있는 에피소드가 있습니다.

1879년 가스파르 쥠퐁 신부가 오면서 밀이란 동물이 처음으로 섬에 등장하게 됩니다. 신부 일행은 말을 탄 채 배에서 내렸습니다. 이이상한 동물 앞에서 섬사람들은 두려움에 떨며 멀찍이 바라볼 뿐입니다. 개중 용감한 몇 사람이 이상한 짐승을 보려고 가까이 다가섭니다.

신부 일행이 말에서 내리는 순간, 섬사람들은 혼비백산하여 걸음아 날 살려라 하고 정신없이 도망치거나 영물 대하듯 땅에 납작이 엎드렸습니다. 그들은 말 탄 사람을 반인반수로 착각했던 것인데 사람과 말이 갑자기 나누어지자 깜짝 놀랐던 것입니다.

하얀 웨딩드레스를 입은 신부가 꽃마차에서 내려 교회 안으로 들어오고 있습니다. 말의 목에도 꽃 목걸이가 걸려 있습니다. 신부도 신랑만큼이나 나이가 들어 보입니다. 두 사람 모두 늦깎이 결혼인 모양입니다.

성가가 연주되고 신부님의 축복 미사가 있습니다. 우리의 교회에서 하는 결혼식과 별반 다르지 않습니다.

한국 인형을 신부에게 결혼선물로 주었습니다. 신부가 내 볼에 키

스를 해줍니다. 나도 그녀의 볼에 축하
키스로 화답합니다.

　"행복하세요."

태평양 절해고도치고 이 섬은 생필품이 넉넉해 보입니다 샘수에서부터 포장된 계란까지 칠레에서 공수해옵니다. 며칠 전에 사온 사과는 일본에서 수입된 후지 사과였습니다. 일본에서 온 유미코와 후지 사과를 먹으며 지구촌시대를 실감했습니다.

이스터섬에서 자급자족할 수 있는 것은 많지 않다고 합니다. 영국인 탐험가 쿡은 그의 여행기에 이렇게 적고 있습니다.

"자연의 신은 이 섬에게만은 너무나 인색했다. 배를 댈 만한 곳도, 연료로 쓸 나무도 없으며 배에 실을 물도 없었다. 먹을 것은 더더욱 부족했다."

그 당시 섬사람들의 주식은 고구마와 타로, 집에서 키우는 닭, 그리고 철 따라 잡히는 약간의 생선 정도였다고 합니다.

공항 부근의 대형 마켓에서 진열대를 살피던 중 나는 내 눈을 의심했습니다. '신라면', 정말 신라면이 있었습니다.

내가 여행을 좋아하는 것은 낯선 세계에 대한 호기심일 뿐, 결코 내가 사는 곳이 싫어 떠나는 것이 아닙니다. 떠나 있으면 불편한 것이 한두 가지가 아닙니다. 만나지 못하는 사랑하는 이들, 말하지 못하는 모국어, 그리고 어릴 적부터 먹어온 익숙한 음식을 먹지 못합니다. 이렇게 생각하자 갑자기 눈물이 핑 돌았습니다.

이곳 섬에 온 지 얼마나 되었던가, 손꼽아봅니다. 미국 로스앤젤레스 공항을 떠난 이후로 한국 사람을 만난 적이 없습니다. 며칠 전엔 이곳 박물관 방명록을 뒤져보았지만 한국 사람의 이름은 찾을 수 없었습니다. 어제는 해질녘, 타하이 석상 앞에서 한 동양인을 보고 나도 모르게 따라간 적이 있었습니다. 그러나 그 사람은 베이징에서 출장을 온 사람이었습니다.

라면을 집어들어 보고 또 보았습니다. 분명히 한국에서 만든 라면입니다. 재미있는 것은 내가 사는 곳이 안성인데, 이 라면 회사의 주공장이 안성에 있고 '안성탕면'이라는 지역명 브랜드도 있다는 것입니다. 어찌보면 이 라면과 나는 동향인 셈입니다.

라면은 총 열 개입니다. 라면 곁에는 김밥용 김까지 있었습니다.

나는 전쟁 비상용 식량이라도 챙기듯 라면과 김을 쓸어안고 계산대로 향합니다.

하루 한 개씩, 열흘은 행복할 것입니다.

다랑어

날씨가 좋은 아침이면 나는 바다를 살핍니다. 오늘은 어떤 배가 고기잡이에 나서는지, 어떤 배가 항구로 들어오는지 유심히 관찰합니다. 이런 버릇은 아마도 내가 섬에서 태어났기 때문일 것입니다.

고기잡이배가 부두에 이를 즈음이면 나는 어머니의 손을 잡고 부두로 향했습니다. 아침 햇살에 펄떡이던 생선들, 억센 사투리들, 그리고 갈매기들⋯⋯.

이스터섬은 고기잡이배가 많지 않습니다. 항가로아 만 선착장에 있는, 두 손으로 꼽을 만큼의 작은 배가 전부입니다. 그래서인지 섬에서 생선을 구하기란 쉽지 않습니다. 시장에 나가보아도 생선 파는 곳은 보이지 않습니다. 세실리아에게 생선을 사고 싶다 했더니 아침 일찍 시장에 가면 있을지도 모른다고 합니다.

이 섬에는 생선 가게가 존재하지 않습니다. 어부들은 잡은 생선을 호텔이나 레스토랑으로 직접 가져가고, 남은 것들은 알음알음으로 주변 사람들한테 판다고 합니다.

이스터섬에 오기 전 나는 잔뜩 기대를 했습니다. 태평양 한가운데

에 있는 섬이라 온갖 생선을 실컷 먹을 수 있을 것 같았습니다.

　태평양에 있는 대부분의 섬들은 산호초들이 섬 주위를 둘러싸고 있어 생선이 풍부하다고 합니다. 그러나 이스터섬은 산호초가 없다고 합니다.

　다혜네 농장에서 다랑어를 먹은 적이 있었습니다. 아무런 양념 없이 찐 다랑어를 소금에 찍어 먹는데 닭고기 맛이었습니다.

　레스토랑에 가면 튜너 스테이크가 있긴 했습니다. 그러나 그 가격이 만만치 않았습니다. 일인분이 미화로 15달러 정도 합니다. 가난한 여행자가 사먹기에는 부담스러운 가격입니다.

　바닷가의 한 레스토랑 메뉴에 사시미가 있었습니다. 주인에게 물어보니 정말 '회'였습니다. 주문을 하자 다랑어 회가 나왔습니다. 긴 꼬망 간장과 와사비도 함께 나왔습니다. 한국에서 먹던 냉동 참치 회하고는 맛이 틀렸습니다. 아마도 일본 관광객들이 많이 찾아와 이런 메뉴가 생겼을 것입니다. 어쩌면 칠레 사람들도 사시미를 즐길지도 모르겠습니다. 칠레에는 다양한 해산물 요리가 있다고 들었습니다. 산티아고 시장에서 해물탕 비슷한 찌개를 먹었습니다. 조개와 생선

내장, 오징어를 뚝배기에 넣고 끓인 것이었습니다.

세실리아 말대로 아침 일찍 시장에 나가보았습니다. 길 옆에서 좌판을 벌이고 생선을 팝니다. 삼치와 비슷하게 생긴 생선이 있습니다. 도미처럼 생긴 붉은 생선도 보이는데 눈이 아주 큽니다. 생선 장수는 달려드는 파리들을 쫓기 위해 연신 야자나무 이파리를 흔들어댑니다. 여름이면 다랑어가 잡힌다는데 보이지 않습니다. 몇 마리 나온 생선은 거의 다 팔리고 남은 두어 마리는 도로 챙겨갑니다. 생선 좌판은 30여 분 만에 철시했습니다. 생선이 놓여 있던 자리에는 고양이 두 마리가 남아 입맛을 다시고 있습니다.

다랑어가 있으면 한 토막 사다 긴꼬망 간장에 조려 먹을까 했는데 그냥 돌아왔습니다. 대신 내 손에는 튜너 통조림 하나가 들려 있었습니다. 간장에 칠레소스, 그리고 이곳 시장에서 파는 마늘과 양파를 넣으면 훌륭한 참치찌개가 될 것입니다. 아무튼 섬에 생선이 있긴 있었습니다.

항가로아 만에 세워져 있는 모아이 석상의 그늘은 우리네 시골마을의 정자나무 아래와 같은 곳입니다.

해질녘이면 열대지방 특유의 오수午睡를 끝낸 사람들이 하나둘 모아이 석상 주변으로 모여듭니다. 이곳 섬에 세워져 있는 아후(석상이 세워진 제단)들은 사람들의 접근이 금지되어 있습니다. 하지만 이곳 석상이 세워져 있는 아후만은 예외입니다. 사람들은 석상 발치에 등을 기대고 앉아 별로 새로울 것도 없는 풍경을 바라보며 따분해합니다. 파도타기를 하는 아이들을 본다거나 지나는 차를 향해 '요란나' 하고 손을 흔들어보는 것도 지루해지면 저녁 고기잡이를 나가는 어부에게 말을 걸어보기도 합니다.

아직은 이른 시각인지 석상 주위가 조용합니다. 이곳 지명만큼이나 한가로운 마을입니다.

"도대체 이 마을 오후는 왜 이렇게 따분한 걸까?"

아까부터 치안용 곤봉을 빙빙 돌리면서 석상 주변을 어슬렁거리던 경찰이 나에게 다가와 말을 겁니다. 이 경찰의 영어 실력은 나의 서

반아어 실력과 비슷합니다. 급기야 서반아어 사전까지 동원해 의사
소통을 해보았지만 질문은 뻔합니다. 어디서 왔느냐, 언제 이 섬을
떠날 거냐, 결혼은 했느냐 정도입니다. 나와 대화하는 것도 무료했는
지 경찰은 새로운 건수를 찾아 해안 저쪽으로 가버리고 석상 주변은
다시 파도소리만 들릴 뿐 적적하기 그지없습니다.

그때였습니다. 긴 머리를 날리며 말을 탄 라파누이 아가씨가 석상
주변에 나타났습니다. 그녀는 말에 탄 채 누군가를 기다리고 있었습
니다. 뒤이어 라파누이 청년이 말을 몰고 나타납니다. 아마도 연인인
듯합니다. 두 사람은 말에 탄 채 긴 입맞춤을 합니다. 두 마리 말도
서로 얼굴을 부비고 있습니다. 무료한 풍경 속의 신선한 충격입니다.

두 남녀도 말을 몰고 어디론가 떠났습니다. 이제 이곳에는 석상과
나, 그리고 나른한 오후만 남았습니다.

식인 동굴

섬 서쪽 해안에 동굴 하나가 있습니다. '아나카이 탕가타'라는 긴 이름의 동굴입니다. 이곳 동굴 천장에 그 유명한 제비갈매기 벽화가 있습니다.

동굴은 요란나 호텔 뒤 바닷가에 있었습니다. 입구가 넓어 어둡지는 않았습니다만 으스스한 느낌이 드는 동굴입니다. 이 동굴에 식인食人들이 은거해 살았다고 합니다. 파도소리가 동굴에 부딪쳐 묘한 공명을 일으킵니다. 내가 밟은 자갈소리에 놀라 머리끝이 쭈뼛쭈뼛 섭니다. 금방이라도 식인들이 나타날 것만 같습니다. 혼자 온 것이 후회가 됩니다.

먼 옛날 오롱고에서 조인 의례를 할 때 사람들은 마케 마케 신에게 인간 제물을 바쳤습니다. 바로 이 동굴에서 식인들이 그 제물을 먹었다고 합니다.

제비갈매기 벽화는 금방이라도 날아갈 듯 동굴 천장에 선명하게 남아 있었습니다. 사람이 사람을 먹어야 했던 슬픈 역사를 간직한 채……

라파누이의 모자

항가로아 마을 앞 바다에 큰 배 한 척이 나타났습니다. 타히티에서 온 여객선이랍니다. 이 섬에 온 후로 가장 큰 배를 보았습니다. 이곳 바다에서 볼 수 있는 배란 기껏해야 여행자 몇 사람 태우고 섬을 도는 작은 모터보트, 아니면 작은 낚싯배 정도입니다. 그런 배로는 뭍이나 이곳에서 가장 가깝다는 섬까지 갈 수가 없습니다. 가깝다고 하는 섬의 거리가 3천 킬로미터가 넘습니다.

나는 마치 큰 배를 처음 본 사람마냥 흥분하고 있습니다. 1721년, 네덜란드 선장 로헤벤이 커다란 범선을 몰고 처음으로 이곳에 나타났을 때 섬사람들의 충격이 어떠했을지 상상이 갑니다.

바다에 정박해 있는 배를 배경으로 모아이 석상 사진을 찍습니다. 돌모자(푸카오)를 쓰지 않은 석상 머리 위로 배가 오게끔 앵글을 잡으니 모아이 석상이 배 모자를 쓴 모양입니다. 옛날 이곳 섬사람들은 뭐든지 머리에 쓰는 걸 좋아했다고 합니다. 서양인들이 타고 온 배에 올라와서는 선원들의 모자를 벗겨가고 심지어 어떤 사람들은 신발까지도 머리에 썼다고 합니다.

"모아이 아저씨, 배 모자 쓴 기분이 어떠세요? 돌모자보다 더 근사하지요?"

이스터섬에 관한 단상들

숙소 정원에 망고나무 한 그루 서 있습니다.

처음 이곳에 왔을 때 손톱만 하던 망고가 어느새 애기 주먹만하게 익어갑니다.

한 알의 망고가 익을 정도의 시간을 이곳 섬에서 보냈습니다.

파도소리에 잠들고 파도소리에 잠 깨던 시간들.

온몸의 세포들이 유년의 고향 바닷가를 기억해내고 있었습니다.

섬 마을 서쪽 바닷가에 타하이 유적지가 있습니다. 유적지 해변에
는 여러 기의 석상들이 있습니다.

해질녘이면 사람들은 약속이나 한 듯이 이곳으로 모여듭니다.

석상을 배경으로 펼쳐지는 일몰 풍경은 보는 이의 가슴에 진한 여운을 남깁니다. 어떤 이는 나처럼 혼자서 바다를 보고 연인들은 서로 껴안고 바다를 봅니다. 풍경은 하나인데 보는 이들의 마음속 풍경은 제각각입니다. 개 두 마리가 석상 뒤에서 짝짓기를 하고 관광객 몇 사람은 석상을 배경으로 기념사진을 찍습니다.

석상의 비밀은 시간 저편으로 점점 멀어져만 갑니다.

젊은 라파누이들, 그들의 젊음에 비해 섬은 너무나 좁아 보입니다. 말을 몰고 달려보기도 하고 카누를 타고 바다로 나가보기도 합니다. 자동차에 여자친구를 태우고 음악을 크게 틀면서 쏙노블 내보이기도 하고, 그것도 직성이 안 풀리면 오토바이 소음기를 떼고 섬이 떠나갈 듯 달리기도 합니다. 하지만 그들에게 육지는 너무나 먼 곳에 있습니다.

수평선 너머로 태양이 몸을 숨길 때
모아이 석상은 붉게 물들고 제비갈매기는 낮게 날기 시작합니다.
내 안의 시간들이 무한대로 확장되고 있습니다.

바람이 세차게 불고 바다가 심하게 출렁거립니다.
파도는 수평선으로부터 부서지며 밀려오고 있습니다.
파도의 포말이 는개처럼 해안에 내립니다.
가슴에 두려움의 파도가 입니다.

바다는 해인(海印), 그 광대한 그릇으로 하늘을 담아내고 있습니다.

노인은 늘 바나나 나무 그늘에 앉아 바다를 봅니다.
저 노인의 기억 속에서 모아이 석상은, 롱고롱고 상형문자는
어떻게 자리하고 있을까? 궁금합니다.

상반신을 드러낸 젊은 라파누이가 긴 머리를 상투처럼 위로 말아 올리고 걸어가고 있습니다. 그의 몸에 새겨진 새 문신들이 햇빛 속에서 비상을 합니다. 파노나기를 끝내고 바다에서 걸어나오는 젊은이의 등에서는 싱싱한 물고기의 비늘이 돋아나고 있습니다.

에필로그

　내게 있어 사진은 여행의 기록이자 또 다른 삶의 표현입니다. 그 기록들을 따라가다 보면 늘 그곳은 세계의 유식시들과 맞닿아 있었습니다. 왜 그토록 오래된 시간들에 집착하는지를 명확히 설명할 순 없습니다. 그 오래된 시간의 흔적과 내 개인의 시간이 만나 직조해내는 풍경들은 나로 하여금 살아 있게 하는 원동력이기 때문입니다.

　이스터섬, 그곳은 내 유적지 여행에서 너무 멀리 떨어져 있었습니다. 늘 마음으로만 동경해왔을 뿐 좀처럼 기회는 오지 않았습니다. 문득 기회란 오는 게 아니라 만드는 것이라는 생각이 들었습니다. 지난 1월 이스터섬으로 무작정 떠났습니다. 그리고 신비의 석상을 만났습니다.

　이스터섬에서 보냈던 시간은 내가 태어나 자란 땅에서 지리적으로 가장 멀리 떠나 있었던 시간입니다. 절해고도라는 공간이 주는 고립감은 외로움에 웬만큼 길들여졌다고 여겼던 나를 조소하며 괴롭혔습니다. 해질녘이면 나는 갈 곳을 몰라 바닷가를 서성이곤 했습니다.

　그때 바닷가 아후에 서 있던 모자 쓴 석상이 정겹게 다가왔습니다.

관광사진의 모델이나 하면서 지내고 있던 석상도 외롭기는 나와 별반 다르지 않아 보였습니다. 그렇게 내게 다가온 석상은 신비한 고대 석상이 아니었습니다. 다만 외로운 친구의 말벗으로 다가왔습니다.

하루의 일과가 끝나면 나는 어김없이 바닷가 석상에게로 달려갔습니다. 그날 있었던 자잘한 이야기를 석상에게 들려주기도 하고 모국어로 노래를 부르기도 했습니다. 어느 비 내리는 날에는 석상의 등에 기대어 앉아 사랑하는 사람이 보고 싶다고 투정도 할 만큼 석상과 친해졌습니다.

좋은 친구 하나 생기자 섬에서의 생활이 행복해지기 시작했습니다. 석상만큼이나 나를 그 섬에서 견디게 했던 것은 석상의 친구인 바다입니다.

이스터섬의 바다는 심연을 알 수 없는 그 깊이와 피안의 저편처럼 아득한 거리로 내게 다가왔습니다. 내 안의 바다와 모아이의 바다가 함께 출렁이며 묘한 공명을 자아냈습니다. 바다의 풍경들은 음악으로 내게 다가왔습니다. 아침 바다에서는 드뷔시의 교향시 「바다」가 떠오르고 한낮의 잔잔한 바다에서는 앙드레 가뇽의 피아노가 들려왔습니다. 또 일몰의 바다에서는 반젤리스의 바다가 녹아들었습니다.

모아이의 신화, 바다가 들려주는 음악들, 그 안에 녹아드는 나 자신, 내가 이스터섬에서 꿈꾸는 풍경이었습니다. 나는 고고학자두 인류학자도 아닙니다. 다만 내가 꿈꾸던 풍경들을 사진으로 옮기고 싶었을 뿐입니다. 나는 내 감정에 충실하며 그 풍경들을 카메라로 오렸습니다.

돌아와 현상해보니 알 수 없는 빛에 의해 필름 사십 통의 상像이 사라져버렸습니다. 여행을 떠나기 전 그곳을 다녀온 외국 사진기자의 글을 읽은 적이 있었습니다. 모아이 석상 사진을 찍으면 카메라 고장이 잦고 찍은 필름에 이상이 생긴다는 것이었습니다. 그 글을 읽으면서 나는 어렴풋하게나마 그 이유를 알 수 있었습니다.

나는 신비주의자는 아니지만 신성이 깃든 곳에는 무언가 알 수 없는 힘이 있다고 믿고 있습니다. 그 힘은 그 장소를 지키고 그곳 사람들을 수호합니다.

나는 티베트에서도 같은 경험을 했습니다. 성산 카일라스를 찍은 필름이 알 수 없는 빛으로 훼손된 것입니다. 세 번째 여행에서야 나는 그곳 정령의 양해를 얻어 제대로 된 사진을 얻을 수 있었습니다.

사십 통의 필름을 잃고, 나머지 필름만으로 이스터섬을 떠올립니다. 책을 꾸미면서 내가 느끼려 했던 이스터섬의 신비는 이게 아니었는데 하는 생각을 합니다. 하지만 사십 통의 필름이 사라진 이유가 섬의 정령들의 뜻이라면 잘못은 내게 있는지도 모르겠습니다. 섬에 머무르는 동안 내가 무언가 실수를 했거나, 석상들과의 교감이 부족했던 것 같습니다. 아쉽고 또 아쉽지만 겸허하게 받아들이렵니다.

그러나 빛으로 사라진 내 풍경들이 많이 보고 싶은 건 어쩔 수 없습니다.

남태평양

아나케나 만

테라바카 산

라쩨루스 만

아후 아키비

푸나파우

푸히 산

포이케

라노 라라쿠

타하이

투우타푸 산

항가 로아

통가리키

마타베리

아후 비나푸

오롱고

모투카오카오

라노 카오

모투누이

모투이티

비자

현재 이스터섬은 칠레령이므로, 이스터섬에 가려면 칠레 비자를
받아야 한다. 광화문에 있는 칠레대사관(02-2122-2600)에서 발급받을
수 있으며 필요한 서류는 여권, 사진 1장, 왕복권 사본, 잔고증명서
(영문)이다. 발급비는 미화 30달러이며, 발급받는 데 걸리는 시간은 1
박 2일이다. 비자의 종류로는 30일 동안 체류할 수 있는 단수비자, 90
일 동안 체류할 수 있는 복수비자가 있다.

항공편

서울→로스앤젤레스(또는 뉴욕, 밴쿠버, 토론토 등)→산티아고→이스
터섬

한국에서 칠레로 가는 직항편은 없으므로, 일단 미국 로스앤젤레
스나 뉴욕, 캐나다의 밴쿠버나 토론토 등을 경유해서 칠레의 산티아
고 공항으로 가야 한다. 산티아고 공항에서 이스터섬으로 들어가는

항공편은 1주일에 2~3회 운행된다. 이스터섬의 성수기는 대략 11월부터 3월까지이며 특히 축제가 열리는 2월에는 모든 예약을 해두어야 한다.

참고로 중남미를 여행할 때는 왕복항공권으로 구입하는 것이 경제적이다. 대부분 독점 운행이라 현지에서는 아시아행 비행기표 값이 비싸기 때문이다. 란 칠레 항공(www.lanchileair.co.kr, 02-775-1500)을 이용했을 경우 서울과 산티아고 간의 왕복요금은 약 1백80만 원이고, 산티아고와 이스터섬 간의 왕복요금은 약 9백60달러이다.

화폐

미국 달러, 칠레 페소, 여행자 수표를 다 사용할 수 있으나 칠레 페소가 좀더 유리하다.

1달러가 약 7백50페소인데, 섬 안에서는 환율이 높으므로 미리 환전해서 가면 좋다. 또한 섬이라 물가가 높다. 신용카드를 쓸 수 있는 곳도 있긴 하지만 극소수다.

지리와 기후

세모꼴 화산섬인 이스터섬은 몇 번에 걸친 수중 화산 폭발에 의해 형성되었다. 면적이 163km²로, 제주도의 10분의 1밖에 되지 않는 작은 섬이다. 그러나 오르막길이 많으므로 걸어서 일주하기보다는 자전거나 오토바이, 말, 자동차를 대여해서 일주하는 것이 좋다.

아열대의 온화한 기후여서 해수욕을 만끽할 수 있다. 특히 섬 유일의 휴양지인 아나케나 해변은 야자나무 숲이 울창하고 물이 맑다. 그러나 가을이 되면 비바람이 부는 궂은 날씨가 되며, 7~8월이 되면 기온이 15도까지 내려가기도 한다. 대체적으로 바람이 많이 불고 파도가 거세다.

숙박시설

공항 로비에 숙박시설을 소개하는 부스가 있다. 가격, 요리 시설 혹은 식사 제공의 여부, 주변 경치 등을 알아보고 마음에 드는 곳을 고르면 된다(음식을 해먹을 수 있는 소박한 민박집이 10~15달러 정도).

우체국은 항가로아 마을에 있으며, 전화는 전화국에서 교환원을 통해 걸 수 있다. 인터넷은 '마타리키넷(matarikinet)'이라는 인터넷 카페에서 이용할 수 있다. 한글을 사용할 수 있는 컴퓨터도 한 대 있다.